Les inoubliables

Fanny Chartres

Les inoubliables

l'école des loisirs
11, rue de Sèvres, Paris 6e

L'autrice remercie le CNL
pour son soutien.

Avec le soutien du
CNL
Centre national du livre

Loi n° 49.956 du 16 juillet 1949 sur les publications
destinées à la jeunesse : janvier 2019
Dépôt légal : janvier 2019

ISBN 978-2-211-23936-3

À mes inoubliables : Luminiţa, Ana, Katia

À Alex Leo Şerban

À Marie, mon indispensable

La fin des oranges

Et voilà ! Une tache ! Une énorme tache bien visible sur ma chemise immaculée…

La tache s'étalait, la tache grossissait, la tache prenait ses aises. Elle ne se posait absolument aucune question. Les taches se déposent, s'imposent, puis disposent. Une simple petite éclaboussure d'orange peut ainsi devenir une trace impure, une salissure, une souillure. Quel maladroit ! Moi qui venais de laver, de repasser, d'apprêter les vêtements que j'avais laborieusement choisis pour ma rentrée au lycée Saint-Exupéry de Créteil. Ma première rentrée des classes en France ! Je la voulais parfaite, rien ne devait l'entacher, il fallait qu'elle soit comme dans les rêves que je faisais là-bas, dans mon pays.

Me levant brusquement, j'ai fait tomber mon tabouret qui est allé rouler jusqu'au pied de l'évier devant lequel je me trouvais déjà. Tout en faisant couler de l'eau, j'ai retiré ma veste, puis ma chemise. Je tremblais. Mes gestes étaient précipités et imprécis. J'ai commencé à mouiller la marque indésirable sur le tissu blanc. Puis j'ai pris la première éponge à portée de main et j'ai frotté énergiquement l'auréole orange, tout en éclaboussant les murs et le sol de notre minuscule cuisine. Mais, au lieu de se résorber, la tache a continué de s'étendre. Pire, elle a pris une couleur vert-marron. Plus je frottais, plus ma chemise perdait de sa blancheur. J'ai finalement renoncé. Mes yeux sont tombés sur les assiettes de l'évier. L'éponge que j'utilisais avait servi à gratter le plat à gratin cuisiné par mon père. Désespéré, j'ai mis ma chemise sous le robinet, espérant noyer la tache orange et les traces de sauce en même temps. Mais rien n'y a fait. Ma chemise ressemblait désormais à un morceau de chiffon gorgé d'eau marronnasse, parsemé ici et là de petits points verts rappelant les courgettes de la veille.

Je me suis affalé sur le tabouret près de la fenêtre. Je déclarais forfait.

C'est alors que mon père a fait son entrée dans la cuisine. Fraîchement rasé, il avait revêtu son plus beau costume : une chemise en lycra à fleurs roses et bleues, une veste noire qui n'avait plus de boutons et un pantalon bleu pour rappeler les fleurs. En fait de costume, c'étaient surtout les seuls habits que comptait sa garde-robe, limitée, tout comme l'était notre T1 minuscule.

– Mais, Loulou, qu'est-ce qui t'est arrivé ? m'a demandé mon père, tandis que je fixais ma chemise d'un air quasi tragique. Y a eu un séisme pendant que je me lavais les dents ? a-t-il continué en découvrant le tabouret renversé près de l'évier et les flaques d'eau sur le lino.

Je n'avais perçu dans la voix de mon père ni colère ni reproche, juste un constat, cette même attitude qu'il avait vis-à-vis de tout ce qui nous arrivait dans la vie. « Après tout, une emmerde de plus ou de moins… », disait-il parfois, d'un ton léger contrastant totalement avec ses propos.

Puis il s'est accroupi pour essuyer les flaques d'eau avec l'éponge qui avait servi à gratter les restes du gratin de la veille.

L'image de mon père les genoux pliés pour réparer les dégâts que j'avais causés m'a fait de la peine. Je me suis mis debout et j'ai posé ma chemise sur le bord de la table, près du verre de jus d'orange.

Je n'en boirais plus jamais de ma vie.

– Tati, laisse, je vais lé faire. C'est de ma faute. J'ai taché ma chemise et j'ai voulu la laver… J'en ai pas d'autre, tu sais… Alors…

– Oui, oui, Loulou, t'en fais pas, je vais nettoyer, va te préparer.

– Mais, papa, t'as pas compris, j'ai rien d'autre à me mettre. Je ne vais pas prendre mon sweat orange tout élargi le jour de la rentrée !

Habituellement, de manière affectueuse, j'appelais mon père « tati* ». Le passage au traditionnel « papa » augurait un changement d'humeur provoqué par les aléas, bons ou moins bons, de notre quotidien. Quant à lui, il

* Mot roumain signifiant « papa ».

réservait mon prénom, Luca, aux papiers administratifs et m'appelait toujours « Lulu », qui, prononcé à la roumaine, donnait : « Loulou ». C'était l'un des nombreux mots qu'il refusait de prononcer à la française, malgré l'accord que nous avions passé pour utiliser le plus possible la langue d'ici, même entre nous.

Encore à quatre pattes, mon père a redressé la tête.

– Non, non, pas le sweat ! Il n'est pas beau, ce sweat ! Tu vas prendre ma chemise.

Et voilà comment je m'étais retrouvé avec la chemise de mon père sur le dos. Elle était deux fois trop grande pour moi, et trop bariolée pour un jour de rentrée, mais, sous ma veste et en la fourrant dans mon pantalon, on ne verrait rien du tout, m'avait assuré tati tout en réajustant mon col. Il ne me restait plus qu'à espérer que je ne serais pas obligé d'enlever ma veste dans la journée.

– Comme té beau, Loulou ! s'est-il exclamé dans un français volontairement « roumanisé », en me serrant dans ses bras.

Contrairement à d'autres pères, le mien était toujours fier de moi. En CP, quand j'avais coupé la tresse de ma voisine de devant, il avait expliqué à la maîtresse que j'avais un don et une habileté hors du commun. «Vous verrez, madame Popa, Loulou deviendra un très grand coiffeur, ça se voit comme le nez au milieu de la figure ! »

En cinquième, lors de la réunion parents-enseignants, devant la professeure d'anglais qui déplorait l'habitude que j'avais de mettre systématiquement un « i » à la place du « y » dans les verbes comme *« stay »* ou *« say »*, tati avait répondu qu'il fallait plutôt me féliciter, car moi, au moins, je faisais l'accord à la troisième personne du singulier : « La prononciation reste la même, que cela soit un "i" ou un "y", alors que si vous ne mettez pas de "s" la prononciation est mauvaise… » En troisième, lorsque j'avais eu pendant un an le visage rongé par les boutons, il me soutenait chaque matin que j'étais le plus beau avec mes boutons de rose. « Au moins, toi, Loulou, tu attires le regard, contrairement à tes camarades qui ont tous un visage terne et triste. »

Et là, quand je m'apprêtais à faire ma première rentrée scolaire en France, habillé comme un as de pique, il m'assurait que j'étais aussi beau qu'Alain Delon dans *Borsalino*.

Nous étions des Zéanas

– Luca Po… Luca Popo… Luca Poposi… Po-po-vichi… Luca Popovichi ? Luca Popovichi ? a crié le professeur principal des secondes B en ce mardi de rentrée que j'avais tant de fois vécu dans ma tête.

J'ai levé la main et rejoint mes camarades. Je me suis efforcé de ne pas prêter attention aux gloussements que mon nom avait suscités dans l'assemblée et j'ai adopté une allure qui se voulait nonchalante, les mains fourrées dans les poches de ma veste. J'aurais peut-être dû reprendre mon professeur sur la prononciation de mon nom de famille et lui dire que le « i » final s'omettait à l'oral ? Non, j'aurais risqué de le fâcher et je ne souhaitais vraiment pas me le mettre à dos dès le premier jour. J'ai toujours préféré me faire discret. Mais, à cause de ce nom de famille imprononçable, mon arrivée au lycée Saint-Exupéry ne pouvait pas passer inaperçue.

Après avoir atteint le rang de ma classe, j'ai baissé la tête pour ne pas croiser le regard de mon père qui attendait dans la cour avec d'autres parents. J'imaginais ses yeux brillants et ses poings bien serrés dans ses poches usées par les années.

Son Borsalino roumain n'en menait pas large. Je n'avais décidément pas le sang-froid ni la classe d'Alain Delon. Véritable légende du cinéma international pour un grand nombre de Roumains, l'acteur français tenait aussi un rôle de premier plan dans l'existence de mon père. Pendant la période la plus dure du communisme, beaucoup de films étrangers étaient censurés, à l'exception de ceux avec Alain Delon. Classiques et inoffensifs aux yeux du régime, ils étaient tolérés… et adorés. C'est avec lui et Louis de Funès que les Roumains avaient supporté cette époque. Les balles du premier qui ricochaient et les grimaces du second faisaient oublier à la population la dureté de la vie. Lorsque nous avions emballé nos affaires pour Paris, limités forcément, comme l'étaient nos revenus, mon père avait consacré un carton entier à sa collection de DVD avec Alain Delon.

Puis mon professeur principal a appelé trois autres élèves : deux garçons et une fille dont j'ai aussitôt retenu le prénom : Anna. Comme ma mère, mais avec deux « n ».

Au cours de la première heure de classe, M. Bernard nous a fait remplir une fiche de présentation. Il est passé près de ma table juste au moment où j'écrivais le plus lisiblement possible mon prénom et mon nom de famille : Luca POPOVICI. Puis ma nationalité : ROUMAINE.

Après avoir lu ma fiche, M. Bernard a jugé opportun d'annoncer à tout le monde, quasi solennellement, que nous avions dans cette classe, la seconde B, cinq élèves EANA. Il y avait Chavdar Komandarev de Bulgarie, Tezel Ertuğrul de Turquie, Jae-Hwa Hyo-hui de Corée du Sud, Marvin McCormick de Grande-Bretagne et moi : Luca Popovici de Roumanie. Nous étions les Zéanas de seconde B : les élèves allophones nouvellement arrivés. Nous étions aussi des prénoms et des noms, de véritables invitations au voyage à nous tout seuls, sauf pour notre professeur d'anglais, qui, à peine remis de l'épreuve de l'appel, angoissait déjà à l'idée d'avoir à les prononcer à chacun de ses cours. D'ailleurs, M. Bernard nous avait installés les uns à côté des autres, expliquant qu'en début d'année scolaire il procédait toujours ainsi avec les étrangers, que c'était « beaucoup plus pratique pour tout le monde ».

Si mon père avait été dans la salle, il n'aurait pas manqué de se récrier. Ce n'était pas lui qui avait décidé que je serais un Néana. Le lycée m'avait accueilli à la seule condition que j'intègre, en parallèle de la classe ordinaire, une structure spécifique de scolarisation pour les élèves allophones ou ne maîtrisant pas suffisamment le français. Papa avait tout d'abord refusé, mettant en avant mon excellent niveau de français, une langue que j'apprenais depuis mes 11 ans (sans compter le fait qu'il était « lui-même professeur certifié de français » et avait exercé dix-huit ans au « prestigieux » lycée Mihai Viteazul...). Mais la direction du lycée n'avait rien voulu entendre. Je pense aussi que l'insistance de mon père, qui leur avait apporté l'ensemble de mes carnets et bulletins de notes depuis le CP, les avait quelque peu agacés.

Je m'étais résigné. Après tout, si j'étais venu en France, c'était pour la musique. Mon violon et moi avions toujours parlé une seule et même langue. Nous nous comprenions en toutes circonstances. Les cordes et l'archet étaient le langage avec lequel je savais le mieux m'exprimer. Et mon instrument me répondait : parfois gravement, parfois joyeusement, mais toujours symphoniquement. Avec l'aide de M. Comănescu, mon professeur de musique, qui avait vu en moi « le futur Vladimir Cosma* », j'avais postulé à une bourse pour jeunes musiciens. Je l'avais obtenue, et c'était comme ça que j'avais pu partir pour la France afin de suivre les cours de l'un de ses amis français, un éminent professeur de violon. Ensuite, peut-être que je tenterais le conservatoire de Paris.

Mais je n'en étais pas encore là. Pour le moment, je me trouvais devant la case « hobby » de ma fiche de présentation.

– Pendant que certains terminent, a dit M. Bernard, lançant un regard insistant à Chavdar qui peinait à remplir sa fiche, je vais vous présenter vos emplois du temps. La classe de seconde est une classe d'orientation et elle sera

* Célèbre compositeur, violoniste et chef d'orchestre français, né à Bucarest en 1940. Il a composé la musique d'un grand nombre de films français dans les années 1970, 1980 et 1990.

l'une des plus difficiles de votre scolarité – 15 % de redoublement et 5 % de réorientation ! –, a ajouté le professeur d'anglais en s'arrêtant devant la rangée des Zéanas. Pourquoi ? Parce qu'elle demande à l'élève de faire preuve de maturité et d'autonomie dans son travail ! Il y a souvent une période d'adaptation en début d'année, mais rien d'insurmontable, rassurez-vous !

Sur ces mots, M. Bernard a commencé à nous distribuer nos emplois du temps. J'ai constaté que le mien était rempli de UPE2A. Encore un autre sigle indigeste qui voulait dire, en bon français : unité pédagogique pour élèves allophones arrivants. Grâce à mon père, qui avait passé des heures entières sur le site Internet de l'Éducation nationale pour savoir ce que cachaient les lettres EANA, EFIV, UPE2A, FLE, FLSCO..., j'étais sans doute l'un des seuls Zéanas à comprendre que les neuf UPE2A traversant nos semaines d'école étaient des heures de français intensif. Chavdar tournait sa feuille dans tous les sens, afin de trouver un axe de lecture qui lui semblerait le plus logique ; Tezel remuait les lèvres tout en suivant avec son index les lettres inscrites dans le tableau ; Jae-Hwa était occupée à repasser au crayon rouge l'extrémité de ses ongles vernis : quant à Marvin, il était affalé sur sa table, le regard aimanté à l'horloge figée de la salle de classe. Et moi, je fixais ma semaine sur le papier, essayant de trouver les espaces libres où je pourrais caser mes heures de violon. J'entendais encore M. Comănescu lors de mes derniers cours à Bucarest :

« Cinq heures par jour, Luca ! ! ! Il le faut, sinon tu n'auras jamais le niveau. Jamais ! Et moi, j'aurai perdu tout mon temps avec toi ! »

Quelques semaines plus tard et des milliers de kilomètres plus loin, ses mots résonnaient dans ma tête comme si je me trouvais dans son appartement, au 2, rue Giuseppe-Verdi, lui dans son fauteuil, moi devant ma partition, la main agrippée à mon archet. Cette même main parcourue de tremblements incontrôlables la veille de notre départ, car je savais que nous ne nous reverrions pas avant longtemps. Il me fallait maintenant lui prouver que ces douze années de musique avaient servi à quelque chose, que je saurais saisir la chance qu'il m'avait donnée…

Son temps, il ne l'avait pas perdu, j'en étais certain, mais le mien, ce jour-là, me semblait brusquement diminué.

Bucarest en métro

Ce mardi-là, après ma première journée de cours, je me suis mêlé aux lycéens qui prenaient le chemin de Créteil-Soleil. La plupart pour se rendre au McDo du centre commercial de la ville, d'autres pour emprunter la ligne 8 du métro parisien pour lequel je n'entretenais pas une grande passion. Trop bondé, trop abîmé, trop bruyant, il me faisait regretter celui de Bucarest, dont les quatre lignes bénéficiaient encore de la fraîcheur de leur jeune âge.

Sur le quai, à quelques pas de Chavdar et d'Anna, j'ai attendu la rame qui me ramènerait chez moi.

– Vousse en voulez ?

Comprenant que mon camarade bulgare s'adressait à nous, j'ai brusquement relevé la tête et je me suis retrouvé face à la barre chocolatée qu'il me tendait d'une main, tandis que de l'autre il fourrait un second Mars sous le petit nez retroussé d'Anna.

Les joues gonflées par sa friandise, Chavdar nous souriait des yeux.

– Merci… a répondu Anna en prenant la friandise avec prudence.

J'ai fait pareil, histoire d'occuper le temps.

– Voussabitez où ? a demandé Chavdar, semblant assurément être celui qu'il fallait avoir auprès de soi pour meubler les petits ou les grands moments de flottement.

Anna étant occupée à déballer sa barre chocolatée, j'ai pris l'initiative de répondre.

– Moi, à la Goutte-d'Or.

J'ai tourné la tête vers Anna, qui, logiquement, aurait dû enchaîner, mais les inscriptions sur l'emballage de son Mars semblaient capter toute son attention. Les ingrédients, la composition énergétique et calorique, la date de péremption étaient vraisemblablement beaucoup plus passionnants que les tentatives d'échange de notre camarade. Ce dernier s'est alors senti obligé de répondre à sa propre question :

– Moi, j'habite dans le VIIe arronn'dissement.

Sa prononciation me laissait légèrement perplexe. Par moments, on aurait dit qu'il avait l'accent de Marseille. Je n'avais jamais visité cette ville, mais les nombreuses heures passées à Bucarest à regarder des rediffusions de *La Gloire de mon père* et du *Château de ma mère**, sur TV5Monde, m'avaient permis de faire connaissance avec la manière de parler de ses habitants. Si, au début, je m'installais devant

* Films réalisés par Yves Robert, d'après l'œuvre de Marcel Pagnol, sortis au cinéma en 1990.

la télé pour faire plaisir à mon père (fan absolu de Marcel Pagnol), j'avais rapidement pris goût à l'univers provençal de ces films. Les plans des garrigues tachetées de fleurs de romarin et le langage des cigales et des bartavelles nous emportaient dans un tout autre monde le temps d'une soirée. Et le lendemain matin, nous nous réveillions avec sur le visage le même sourire émerveillé que le jeune Marcel, le héros de la saga.

– Vous connaissez ? a continué Chavdar.

« Un peu quand même », ai-je pensé. Je n'étais en France que depuis trois semaines, mais je savais que le VIIe arrondissement était l'un des endroits les plus chics de Paris… et donc l'un des plus chers, avec sa tour Eiffel, ses institutions, ses ambassades, son Assemblée nationale, son Unesco… En voyant les quatre-vingt-dix kilos bien tassés de Chavdar, son baggy vraiment très large, sa casquette *« Being sexy ain't easy »*, j'avais pensé qu'il devait habiter dans un quartier un peu comme le mien, un quartier-monde où se retrouvaient réunis au même endroit des gens de tous les pays, arrivés là pour vivre, survivre, mieux vivre, sans moyens, sans famille.

– C'est plus simm'ple pour mon père, comme il travaille beaucoup, il a besoin d'êtreu tout près de son bureau.

– Il fait quoi, ton père ? a soudainement demandé Anna, désappointée de ne plus rien avoir à lire sur l'emballage de sa barre chocolatée.

– Il travailleu à l'amm'bassade deu Bul'garrie. Il est amm'bassadeur, nous a répondu Chavdar sur le même ton qu'il aurait dit que son père était plombier, facteur ou... carreleur free-lance, comme le mien.

– Ambassadeur ? a fait Anna. Waouuuh, la classe !

Je ne connaissais aucun diplomate ou fils de diplomate, mais l'image que j'avais d'eux était à des années-lumière de celle de Chavdar.

– Oh, mais tu sais, c'est pô non plus seu queu tu penses. Mon père est amm'bassadeur de Bul'garrie, pas des États-Unis... C'est un peu comme entreu uneu Dacia et uneu Mercedes, ou entreu Adam Sandler et Leonardo DiCaprio. Leur ressemblance s'arrête là où la classe commence !

Malgré son accent très particulier, me faisant presque douter de ses origines (ses aïeuls venaient peut-être du sud de la France ?), Chavdar possédait une réelle aisance pour parler, un talent que je lui enviais profondément. Je n'avais jamais été très bavard, préférant depuis longtemps m'exprimer avec des notes de musique plutôt qu'avec des mots. C'était sans doute de famille, m'étais-je dit en repensant à maman qui, elle, compensait son silence par des papiers griffonnés.

Au moment où Anna s'apprêtait à prendre la parole, le métro est arrivé, accompagné de son habituel et effrayant tohu-bohu, me contraignant à porter les mains à mes oreilles. Chavdar s'est moqué de moi en m'imitant de manière exagérée. Nous avons grimpé tous les trois dans la rame. Créteil-Soleil étant au bout du bout, y compris de la ligne 8, nous avons facilement trouvé des places assises. Moi, à côté d'Anna. Chavdar, en face de nous.

Anna s'est tournée vers moi.

– C'est comment, Bucarest ?

Je ne m'attendais pas vraiment à cette question, me disant que, dans ce lycée-monde, aucun élève « normal » ne retenait les nationalités des étrangers qui débarquaient chaque année, et quand bien même, qui serait intéressé par des pays comme la Roumanie ou la Bulgarie ? Des destinations loin d'être attractives ou romantiques.

Le métro a démarré. Allant chercher au fond de moi des mots que je ne croyais pas avoir, je leur ai alors raconté Bucarest. À la station Maisons-Alfort-Stade, j'ai commencé par leur parler des merveilleux parcs de ma ville, à Liberté, j'ai enchaîné sur les chiens errants que vous croisiez à chaque coin de rue, plus seuls et tourmentés que vous ne l'étiez, à Porte-Dorée, je suis passé aux chats perchés sur les clôtures ou tapis sous les voitures, à Daumesnil, je leur ai décrit quelques-uns des plus beaux édifices de la capitale, entre la place de l'Union et le quartier arménien, à Bastille, je leur ai dépeint les kiosques à fleurs ouverts jour et nuit, tout comme les pharmacies, à Filles-du-Calvaire, je leur ai présenté ma rue, la strada Veronica Micle, du nom de l'amante de Mihai Eminescu, le plus grand poète de notre pays. À Strasbourg-Saint-Denis… j'ai réalisé que je devais descendre de la rame pour changer de ligne ! Je me suis brusquement levé, bousculant quelques passagers mécontents qui, à cause de moi, ne pouvaient plus pianoter tranquillement sur leur téléphone. J'ai lancé un « On se voit demain, les gars ? ! »

à Anna et à Chavdar, lequel m'a regardé d'un air mi-interdit, mi-hilare.

Sur le quai, tandis que le métro s'éloignait dans un boucan assourdissant, j'ai suivi le visage d'Anna qui s'évanouissait doucement dans le tunnel souterrain. Ses yeux noirs plongés dans les miens.

La vie en sarabande

Parmi les enfants jouant à colin-maillard et les parents les surveillant, j'ai rapidement distingué la silhouette de mon père, aussi droite que les platanes du jardin du Luxembourg où nous étions convenus de nous retrouver. Ses cheveux grisonnants avaient considérablement poussé depuis notre arrivée. Ils formaient une masse claire qui lui donnait presque un air de dandy (si on omettait le sweat orange qu'il continuait à mettre depuis le jour de la rentrée et notre troc désespéré). Cela faisait plus d'un mois que nous étions installés à Paris, et tati se refusait encore à certaines choses : aller chez le coiffeur, par exemple.

« Pas envie de mettre les pieds dans ces salons parisiens ! À Bucarest, Titi me faisait cela pour le prix d'un *covrig**. Si je dois aller me faire couper les cheveux, on va manger des nouilles toute l'année. Non… habile comme tu es, c'est toi qui me les couperas. Et moi, je m'occuperai des tiens, me répétait-il dès que j'abordais le sujet. »

* Sorte de bretzel.

Jusque-là, je n'avais pas insisté, mais, vu la longueur de ses cheveux, il allait bientôt falloir que je révise ma position. Je craignais malheureusement que, le moment venu, tati ne se dérobe aussi devant ma paire de ciseaux. Sa coiffure actuelle lui donnant des airs deloniens (cheveux en arrière, effet décoiffé...) qui n'étaient pas pour lui déplaire.

Pour le moment, nous nous apprêtions à rencontrer mon futur professeur de violon. J'aurais voulu que cela se fasse plus tôt, mais la semaine de la rentrée avait pris tout mon temps et toute mon énergie. Difficile de m'habituer à ce train de vie très éloigné de celui de Bucarest, où tout me semblait simple : mes cours au collège étant regroupés sur l'après-midi, je pouvais consacrer toutes mes matinées au violon, soit seul chez moi, soit chez M. Comănescu trois fois par semaine.

Absorbé par sa lecture, mon père ne m'avait pas vu arriver et a sursauté lorsque je l'ai appelé.

– Ah, c'est toi, Loulou ! a-t-il dit en levant la tête du livre qu'il était en train de lire.

*Les Hooligans**, de Mircea Eliade.

En Roumanie, je n'avais jamais vu mon père s'intéresser à la littérature de notre pays. Il lisait presque exclusivement des ouvrages français. Il passait trois fois par semaine à la médiathèque de l'Institut français et, quand notre budget le permettait, il s'offrait un livre à la librairie

* Éditions de L'Herne, traduit par Alain Paruit, 1987.

française Kyralina. Après chacune de ces virées, il revenait les yeux brillants, tenant entre ses mains un bout de cette France qu'il aimait tant, même s'il n'y avait jamais mis les pieds. « Du pays des lettres, du cinéma et d'Alain Delon », me disait-il en me montrant ses trouvailles. Et, maintenant qu'il pouvait facilement accéder à toute la littérature en français, il choisissait des livres d'auteurs roumains, qu'il lisait dans leur traduction.

Nous avons rapidement quitté le jardin du Luxembourg pour nous diriger vers le n° 64 de la rue Fleurus, où habitait M. Ostinato. À Paris, j'avais l'impression que les rues étaient sans arrêt noires de monde. Là encore, nous avancions péniblement au milieu de toute une foule d'inconnus qui ne nous voyaient pas. Mon père respirait difficilement. Depuis que nous avions quitté notre pays, son asthme bronchique avait repris. La nuit, je l'entendais tousser, comme si l'air d'ici ne lui convenait pas.

Mon plan de Paris à la main, je menais la marche, sachant très bien que papa se reposait entièrement sur mon sens de l'orientation.

– Toutes ces rues, ces panneaux, ces stations et ces lignes de métro, y a de quoi en perdre son latin ! C'est pire qu'une jungle ! a ronchonné mon père derrière moi.

C'était Anna qui m'avait donné ce plan dont le papier tout doux et tout vieilli ressemblait à une feuille de cigarette.

«Avec ça, tu ne te perdras plus. C'est le plan avec

lequel ma mère a fait ses premiers pas à Paris. Sans lui, elle n'aurait jamais rencontré mon père, et je ne serais pas née.

– Tes parents ne sont pas de Paris ? l'avais-je interrogée.

– Mon père, si. Ma mère est originaire d'une petite ville… de l'est… de la France… Tu ne connais pas. »

J'avais voulu lui demander son nom, mais Anna avait rapidement changé de sujet, m'expliquant le trajet qui me conduirait chez mon professeur de violon.

– Loulou ! Lou-lou ! Loulou !

Tout à mes pensées, je n'avais pas entendu mon père qui m'appelait derrière moi.

– C'est là, non ? N° 64…

– Oui, tu as raison, on y est…

– Parfait, alors vas-y, sonne. Il est 18 heures, on ne peut pas être plus ponctuel. Moi, je vais t'attendre par là. J'ai repéré une librairie pas loin. Je veux voir s'ils ont *La Belle Roumaine**.

Mon père avait tenu mordicus à m'accompagner, mais il ne souhaitait pas monter avec moi. Chaque fois qu'il jugeait son rôle terminé, il retournait à ses copies de français (avant), à ses carrelages ou à ses livres et ses grilles de mots croisés (maintenant). C'était lui qui m'avait tendu mon premier archet, lui qui tournait les pages de ma

* De Dumitru Tsepeneag, éditions P.O.L., traduit par Alain Paruit, 2006.

partition lorsque je m'entraînais à la maison, lui qui faisait le nœud de ma cravate avant mon entrée en scène, lui encore qui, dans l'avion nous emmenant en France, demandait un verre d'eau à ma place. Mais dès que je rejoignais le monde de la musique, que je donnais un récital, que j'entrais un peu dans la lumière, il s'éclipsait pour se retirer dans l'ombre.

– Oui, c'est qui ? a répondu la voix de l'interphone.

– Euh... Bonjour... Je suis Luca... Luca Popovici. Je suis venu pour les courses de vio...

– Monte !

« M. Rémi Ostinato. Professeur de violon certifié. »

J'ai cherché la sonnette. N'en trouvant pas, j'ai frappé deux petits coups à la porte qui s'est brusquement ouverte. Un vieux monsieur à la silhouette longiligne m'a souri et tendu une main déterminée.

– Je t'attendais ! Entre, je t'en prie, a-t-il dit en me désignant le couloir qui se présentait devant moi.

Dans le salon, il a montré de la main le violon que je tenais fermement sous mon bras.

– Haendel, *Sarabande en ré mineur.*

Je l'ai regardé, avant de baisser les yeux sur mon violon.

– Allez, qu'est-ce que tu attends ? Joue, mon garçon ! C'est pour ça que tu es venu, non ?

Oui, j'étais venu pour jouer du violon et même pour ne plus m'arrêter d'en jouer, mais je ne m'attendais pas à ce qu'il me demande d'interpréter ce mouvement, comme ça, de but en blanc. Même si je connaissais bien ce morceau, puisque c'était grâce à lui que j'avais obtenu ma bourse d'études pour jeunes musiciens.

Ne sachant quoi répondre ni quoi faire d'autre de mes mains, j'ai sorti mon instrument de son étui, je l'ai accordé puis j'ai commencé à jouer.

Très vite, j'ai eu l'étrange impression que ma vie d'avant se faufilait entre les notes, alors que mes doigts serraient mon archet jusqu'au sang et que la sarabande s'échappait de mon violon.

« N'oublie pas le tempo, me disait M. Comănescu. Maintiens le tempo, mon garçon, tout doux. C'est une danse, mais une danse à la fois lente, mélancolique et déterminée. »

« Première croche longue, seconde brève, troisième un peu longue », me répétais-je à mesure que j'enchaînais les accords de cet air.

Je prenais des inspirations avant chaque mouvement, mon archet avançant puis reculant, puis avançant et reculant. Mon professeur de musique me répétait souvent que je devais utiliser les tremblements de mes doigts pour les faire danser sur les cordes, dans une sarabande puissante et gracieuse. Je devais « faire des vacillements de la vie une danse ».

J'ai achevé mon morceau. M. Ostinato, qui n'avait pas bougé depuis le début, s'est levé et m'a tendu la main :

– Mercredi, jeudi et vendredi, à 17 heures. Et sois à l'heure.

Puis il s'est tourné et m'a montré le chemin menant à la porte d'entrée.

Quelques signes

– Racontez ce que vous voyez de votre chambre, nous a demandé Mme Cantonais en UPE2A.

– Dans notre chambre ? Mais, Miss, qui ça peut bien *interested* ? s'est esclaffé Marvin.

– Je n'ai pas dit « dans » votre chambre, mais « de » votre chambre, a répété notre professeure. Qui peut m'expliquer la différence entre les prépositions « dans » et « de » ?

Chavdar a aussitôt levé la main.

– Chavdar, nous t'écoutons.

– Deux !

– Deux ?

– Oui, deux lettres de différenn'ceu ! ! ! s'est exclamé Chavdar, visiblement très satisfait de sa réponse.

– Oui, mais à part cela ? a repris Mme Cantonais d'un ton impassible.

Les cinq Zéanas que nous étions avons échangé de longs regards. Personne, chacun pour des raisons différentes, ne souhaitait prendre la parole : moi, par peur ; Chavdar, par ignorance ; Marvin, par désintérêt ; Jae-Hwa, parce qu'elle ne pouvait pas parler et souffler sur ses ongles en même temps ; et Tezel, parce qu'elle n'avait pas compris la question.

Notre professeure de français s'est alors tournée vers Anna, qui s'était portée volontaire pour être l'élève tutrice de nos UPE2A.

– La préposition « dans » indique soit le lieu, soit le temps. Par exemple, je suis dans mon lit...

– Je suis dans la merdeu ! ! ! n'a pu s'empêcher d'ajouter Chavdar.

– ... la préposition « de » a plusieurs sens, mais ici, elle indique un point de départ.

– Merci, Anna, aurais-tu un exemple à nous donner ?

– Euh, oui... Par exemple : « De la tour Eiffel, je vois tout Paris », ou... « De la Maison du peuple, je vois tout Bucarest », a-t-elle répondu en me regardant.

– N'importe quoi ! C'est quoi, ça, la Maison du peupleu ? Le peupleu, il a pas de maison, d'abord... Et en plus, en Roumanie, y a pas de maisons, y a queu des blocs, des grands, deu très grands immeubles tout gris et qui seu ressemblent tous, a dit Chavdar en rigolant.

J'ai senti les regards de ma prof de français et d'Anna sur moi. J'aurais dû être le premier à prendre la parole et à expliquer que mon pays, ce n'était pas ça, que la Roumanie, ce n'était pas que du gris et du béton. J'aurais dû leur dire que derrière ces blocs massifs il y avait aussi des gens, de la vie, des parcs, des fleurs, des tilleuls, des terrasses colorées... J'aurais dû leur expliquer que cette

Maison du peuple avait été conçue par un couple de tyrans déments, que pour construire ce palais immense et monstrueux, il avait fallu raser sept kilomètres carrés de quartier historique, que les habitants avaient dû quitter leurs maisons et aller vivre dans de grandes tours laides et grises… Mais je n'ai rien pu dire.

– Ça, sujet nul, a décrété Jae-Hwa en secouant sa main gauche aux ongles jaunes laqués. Môa, de ma fenais, yé vois rien. Seument autres fenais. Plein. Môa, veux pô écrire sur fenais ki ya dans ma fenais !

– Est-ce qu'on est obligés de parler de ce qu'on voit de sa fenêtre aujourd'hui ? me suis-je hasardé à demander.

– Non, bien entendu que non, vous pouvez parler de ce que vous avez eu en face de vous, d'une fenêtre d'une époque passée, ou d'une fenêtre…

La sonnerie ne lui a pas laissé le temps de dire ce que j'aurais aimé entendre.

À la cantine, j'ai pris mes plats d'un geste machinal. Jae-Hwa était devant moi et semblait elle aussi manquer d'inspiration devant les menus proposés.

Nous avons échangé un regard dépité.

– Y a pas de baguettes ici, c'est nul, ni de riz ni de *bibimbap* ni de *banchans**, s'est-elle plainte avant d'aller s'asseoir à une table du fond.

* Le *bibimbap* est un plat traditionnel coréen servi dans un grand bol de pierre *(dolsot)*. Il comporte du bœuf, du riz, des légumes, un jaune d'œuf cru, le tout relevé de piment ou d'une pâte de poivron rouge. Le *bibimbap* est généralement accompagné de *banchans.*

Je ne l'ai pas suivie, car je sentais qu'elle avait envie d'être seule.

Moi non plus, je n'avais pas vraiment eu de coup de cœur pour le self du lycée et sa nourriture sans saveur, très éloignée de l'idée que je me faisais de la gastronomie française depuis la Roumanie. Mon *covrig* aux graines de sésame trempé dans mon yaourt de 350 millilitres me manquait.

Je me suis faufilé entre deux rangées de tables et de chaises, essayant de ne frôler personne, de ne renverser aucun plat sur aucune tête, d'être totalement transparent et inodore. Une fois installé, j'ai grignoté des tomates dures et sans goût, puis des pâtes trempant dans une sauce dite « bolognaise », avant de terminer par un flan qui n'avait de flan que son nom. J'étais assis entre deux grands garçons boutonneux qui raffolaient visiblement des plats que je dédaignais. En face de moi, une petite de sixième picorait dans son assiette rougeâtre. Alors que je m'apprêtais à attaquer mon dessert élastique, elle s'est levée de table et a très vite été remplacée par Anna, que je n'avais pas vue arriver.

– T'as fait tes maths ? m'a-t-elle demandé.

Sans avoir le temps de répondre, je me suis brusquement senti bousculé par mon voisin de gauche, qui avait fini de manger et n'hésitait pas à jouer des coudes pour sortir de table. C'est ainsi que je me suis retrouvé le nez dans ma cuillère de flan.

– Ça, ça veut dire que tu ne les as pas faites ! a dit Anna, en laissant échapper un petit gloussement.

– Oui, enfin, non… Je les ai faites, mais je bloque sur

les équations du premier degré… Ce n'est pas une problème de langue, j'ai toujours été allergique à la maths, lui ai-je dit en essuyant mon nez tout collant.

Depuis que j'étais en France, je me sentais obligé de me justifier constamment et de montrer aux autres que je comprenais parfaitement le français… et le parlais tout aussi bien. Même si je voyais bien qu'aux yeux de mes professeurs il me restait des progrès à faire. Et, lorsque Anna était près de moi, je mélangeais encore plus les féminins et les masculins.

– T'inquiète, je connais M. Monsallot… C'est pas un méchant, il dira rien. Avec un nom pareil, il peut difficilement…

Devant mon air interdit, Anna a vite compris que je n'avais pas perçu la subtilité du nom de famille de notre professeur de maths. Elle était en train de m'expliquer ce que ces neuf lettres voulaient dire lorsque Chavdar nous a rejoints avec son indécollable air « je suis bien où que je sois, quoi qu'il arrive ».

– Vous parlez deu Monsallot, les gars ? C'est quand même dingueu de s'appeler comme ça ! Et vous savez c'est quoi son pronom ?

Non, Anna et moi ne connaissions ni son pronom ni son prénom.

– Louis-Cem ! Louis-Cem Monsallot !! Louis C'est mon salaud !! nous a balancé Chavdar, visiblement très fier de nous apprendre quelque chose. Jeu préfère le mien. Vous savez ce queu « Chavdar » sig'nifie ?

De nouveau, nous n'avons rien dit, incapables de répondre à cette question.

– Il vient d'une mot persane qui veut dire leader, dig'nitaire. Chavdar être « celui qui soutient leu monde ».

Je n'ai pu m'empêcher de laisser échapper un fou rire en regardant mon camarade bulgare dont les épaules auraient été bien capables de soutenir la terre entière.

– Et toi, Luca, êtreu l'homme qui bondit.

En latin, j'avais appris que mon prénom venait de *lucius*, qui signifie lumière. Une lumière qui fait des bonds, donc… Pas faux, j'avais souvent l'impression que ma vie prenait des changements de direction imprévus, des élévations soudaines… Le problème, c'étaient les atterrissages.

Et Anna…

– … Toi, tu es la grâce. C'est ce que ta prénom veut dire en hébreu, ai-je poursuivi en la regardant.

– Oui, et toi être aussi celle qui sait l'âmeu des choses et des êtres ! a complété Chavdar.

– Waooouh ! ! Où avez-vous appris tout ça ?

– Luca, jeu neu sais pas, mais moi, jeu vais sur Signification-pronom.net, nous a dit Chavdar, ses yeux marron pétillant comme s'il venait de découvrir la Lune. Et à chaqueu fois, ça correspond totaleument aux gens.

– N'importe quoi, a-t-elle répondu, tu veux dire que le nom des gens reflète ce qu'ils sont réellement ? C'est stupide…

– Ouaip ! Moi, être sûr deu ça. Regardeu-moi ! T'as pas l'impression que jeu pourrais soutenir le mondeu ? a fait Chavdar en se levant soudainement et en calant fièrement ses mains sur ses hanches.

Les élèves, jusqu'alors occupés à piocher dans leurs assiettes, ont tous brusquement relevé le nez de leurs plats pour s'intéresser à notre table, devenue une attraction beaucoup plus croustillante et colorée que leurs pâtes ou leur purée.

J'ai laissé passer quelques secondes, le temps qu'ils retournent à leurs coquillettes.

– Il a raison dans une sens, c'est important de savoir qui on est et d'où on vient, et ça commence sans doute par notre nom.

Et c'est ainsi que là, à table, devant mon flan à peine entamé, je me suis mis à leur parler d'Ana… Ma mère.

C'est mieux comme ça

Ana. Trois lettres, deux de moins que dans « maman », mais la même douceur, les mêmes voyelles, les mêmes possibles.

Quand j'avais appris à parler, puis à écrire, je n'arrivais pas à les dissocier, au lieu d'appeler ma mère maman, je disais, j'écrivais de mon écriture appliquée d'enfant de six ans Ana-maman. J'avais tout simplement décidé de faire de maman et Ana une seule et même personne, car je voyais bien que celle que papa nommait « Ana » était pleine de contradictions, tout comme l'était aussi celle que j'appelais « maman ». Je voulais créer un être hybride qui deviendrait une sorte de supermaman. Ma mère était sombre et renfermée, ou bien lumineuse et maternelle. Ana était froide et distante, ou proche et douce. En mettant les deux ensemble, j'espérais que le positif prendrait le dessus sur le négatif. Je pensais qu'en mélangeant les contraires, les choses sombres et les claires, on pouvait éliminer les premières, que la lumière pouvait déteindre sur le gris, comme quand on fait une machine à laver et que les couleurs vives réussissent à s'imposer et à colorer la totalité du linge en rose ou en vert. J'imaginais ainsi qu'Ana-maman serait un jour forte, résistante, souriante et aimante.

Je n'avais sans doute pas trouvé la bonne lessive, car elle était devenue de plus en plus terne. J'avais 10 ans quand, pour la première fois, elle avait quitté la maison plusieurs semaines. Après cela, deux ou trois fois par an, elle partait « en voyage », comme me disait tati. Mais je ne comprenais pas pourquoi, à chacun de ses retours, elle revenait si blanche et si amaigrie, alors que les gens rentraient de leurs vacances bronzés, la mine revigorée par l'air frais. Au fil des années, elle avait mis entre parenthèses son travail, puis sa vie de femme, puis sa vie de mère, puis nous.

Et un beau matin, elle avait quitté la maison avec sa valise pour ne plus jamais revenir. Cela faisait deux ans.

– Et tu ne sais pas où elle est ? m'a questionné Anna.

– Non, lui ai-je répondu sans la regarder.

– Et ton père, tu lui as demandé ? Qu'est-ce qu'il dit ?

– Il ne sait rien. Une matin, il s'est réveillé et elle n'était plus là. Elle avait juste laissé une petite mot sur la table de la cuisine.

Quelques jours après son départ, papa, les mains tremblantes, m'avait tendu le bout de papier tout froissé. J'avais reconnu l'écriture de maman sur une feuille à carreaux qu'elle avait déchirée de mon cahier de français : *« E mai bine aşa*. »*

– Et c'est pour ça queu vous êtreu vendus en France ?

* Expression roumaine signifiant : « C'est mieux ainsi. »

Pour la reutrouver ? a demandé Chavdar, les yeux brillants, se voyant déjà le protagoniste d'un film policier.

– « Êtes venus », pas « vendus », l'a gentiment corrigé Anna. Et t'as tout faux, le Bulgare ! C'est pour son violon que Luca est en France, t'as déjà oublié ? a-t-elle répondu à ma place.

Papa avait appelé la police. Des recherches avaient été effectuées. Nous avions placardé des affichettes avec sa photo dans toute la ville. Nous avions arpenté les rues, les quartiers et les hôpitaux. Personne ne savait où elle se trouvait. Elle s'était tout simplement évaporée.

La sonnerie m'a empêché de poursuivre mon récit. Je n'aurais de toute façon pas pu aller au-delà, je ne voulais pas leur dire qu'une semaine avant notre vol nous avions retrouvé maman. Hospitalisée au centre anticancer Fundeni, elle y vivait ses dernières heures, après avoir lutté durant presque quinze ans contre un cancer des os. Envahi par la tristesse et la colère, je m'étais d'abord énervé contre elle. Je ne comprenais pas qu'elle ait refusé que nous restions à ses côtés jusqu'à la fin. Elle avait écouté ma fureur, puis elle avait parlé d'une voix faible et ferme à la fois. Elle m'avait fait promettre de quitter la Roumanie pour aller dans un pays où la vie est meilleure.

Elle était partie de son côté, et nous du nôtre.

Je ne voulais pas non plus leur dire que le « départ » de maman avait aussi été une sorte de libération pour moi et mon père, que son absence définitive n'était pas plus dure que son absence d'avant quand elle était avec nous sans l'être vraiment, et que nous étions pour elle des êtres anonymes et irréversiblement impuissants. Papa non plus n'en parlait jamais, mais parfois je surprenais sur son visage les signes discrets d'une joie retrouvée. Une joie qu'il taisait, une joie dont il avait sans doute un peu honte.

En histoire-géo, on en était au chapitre « Gérer les espaces terrestres, les espaces exposés aux risques majeurs », et M. Carte (lequel ne pouvait pas mieux illustrer la fameuse théorie de Chavdar sur le lien entre le nom des gens et ce qu'ils étaient) nous avait rendu nos dissertations dont le sujet était « L'omniprésence des risques au Japon ». Je ne m'attendais pas à avoir la moyenne. Depuis la rentrée, j'accumulais les 7 ou les 8 sur 20, très loin de mes 10 sur 10 à Bucarest. Il n'y avait qu'en anglais et en allemand que je m'en sortais bien, dépassant même Anna.

– Chavdar, hors sujet, mon garçon. Vous êtes mal parti dès le début, car, pour votre information, Shanghai n'est pas la capitale du Japon.

– Marvin, dommage que vous vous soyez arrêté au premier paragraphe…

– Tezel, j'ai rien compris…

– Jae Oua-Oua, les gouttes de vernis rouge et les traces de dissolvant ont rendu votre copie illisible.

Mon amie coréenne a lancé au professeur un regard noir, pas parce qu'il lui avait mis un 2 sur 20 et qu'il s'était moqué de son addiction au maquillage, mais parce qu'il avait déformé son prénom. Notre nom était la marque de nos origines, l'abîmer, c'était comme piétiner nos racines.

– Anna, très bien. Plan cohérent, juste la conclusion qui aurait mérité d'être un peu plus développée.

Le professeur de géographie a terminé par ma copie.

– Luca ! ! ! Je vous ai mis la moyenne pour votre troisième partie et le parallèle que vous avez fait entre deux pays à risque sismique : la Roumanie et le Japon. Très intéressant. Pouvez-vous parler à vos camarades du terrible séisme qui a touché ce pays d'Europe de l'Est en 1977 ?

– Oui, bien sûr, ai-je dit d'une voix que j'ai essayé de rendre assurée. Et je me suis mis à lire ma copie. « Il eut lieu le 4 mars 1977, sa mague…, sa magnitude sur l'échelle dé Richter était de 7,2. Les dégâts les plus graves furent dans la capitale : 32 immeubles s'écroulèrent, 1 500 personnes moururent, 11 000 personnes furent blessées. Mon… père était à Bucarest. Il avait 12 ans. Son immeuble s'effondra d'une seul coup. C'est seulement à 2 heures de la matin que les secouristes le retrouvèrent. Dans son immeuble, 300 personnes étaient mortes. Son père et sa mère, mes grands-parents, donc, étaient à l'hôpital, car ma grand-mère venait d'accoucher de sa petite sœur, Elvira, ma tante, donc… L'hôpital n'eut rien, une chance incroyable. Le président, Nicolae Ceauşescu, était en visite en Afrique, il revint deux jours après, dommage, parce que… »

– Bon, ça ira, Luca, merci, m'a coupé M. Carte. En fait, je voulais juste que vous me lisiez votre troisième partie… L'histoire de la Roumanie et de votre famille ne fait pas encore partie du programme de seconde.

Vlan !

Pas de chance, pour une fois que j'étais lancé… Chez nous, ce séisme faisait partie des événements historiques dont nos professeurs et nos parents nous parlaient souvent, davantage que de la dictature communiste.

Tandis que nous prenions nos agendas pour noter le prochain contrôle, j'ai senti le regard insistant d'Anna.

– C'est terrible, m'a-t-elle dit, je ne savais pas, ma mère ne m'en a jamais parlé…

– Oh, bah, tu sais, la Roumanie, on n'en parle pas trop à l'étranger. En dehors des Roumains, ça n'intéresse personne. Ta mère ne pouvait pas savoir…

Sans rien dire, Anna a baissé les yeux et rangé ses affaires dans son sac. L'inégalité de traitement entre les pays semblait la toucher assez profondément. Pour changer de sujet, je lui ai demandé si elle n'accepterait pas de me couper les cheveux.

– Bien sûr ! C'est quand tu veux ! m'a-t-elle dit, les yeux de nouveau brillants, comme si je venais de l'inviter à marcher sur la Lune.

Je crois que cette fille était en train de me *zapachiser**.

* Du verbe roumain *« a zăpăci »*, que Luca francise. *« A zăpăci »* signifie à la fois : « troubler », « tournebouler », « faire perdre la tête ».

Hop, hop, hop !

Dans le métro me ramenant à la maison, j'entendais encore les sons de mon violon jouant le *24e Caprice* de Paganini, et la voix de mon professeur :

« Plus rapide, le tempo, plus rapide ! »

« Ce n'est pas une sarabande, mais un caprice, que je te demande de jouer ! »

Au fil de nos séances, il m'avait fallu m'adapter à son mode de communication plutôt laconique, se résumant à quelques formules d'usage lorsque j'arrivais et que je repartais. Le reste de la séance était dominé par la musique de mon violon, et par ses exclamations brèves et fermes :

« Plus vite ! »

« Non ! »

« Recommence, mon garçon ! »

« Le tempo ! N'oublie pas le tempo ! »

« Écoute ta musique, mais écoute-la ! »…

Ses propos ne m'invitaient pas à répondre verbalement, mais musicalement. Et cela m'arrangeait très bien.

Tandis que l'air de Paganini continuait de résonner dans ma tête, c'est une tout autre musique qui, brusquement, a surgi, une chanson que je connaissais pour l'avoir entendue un été, lors d'une fête chez mes grands-parents : *Loli phabaj*... Une musique joyeuse et tendre. Un air tsigane qui nous avait fait danser dans le jardin de la maison familiale. La sœur de ma mère était mariée à Emil, un homme d'origine rom qui avait pris sa guitare et s'était mis à nous chanter ce morceau. Le réentendre m'a fait instinctivement chercher ma mère des yeux, au milieu des sièges marron du wagon de la ligne 4...

Dans la roulotte il n'y a pas de plancher
Je n'ai pas de jolie petite amie
La pomme rouge, je la tranche
Hop, hop, hop !
Une moitié pour toi, une moitié pour moi
Hop, hop, hop !

Ce refrain, nous l'avions tous repris. Nous avions fait une ronde autour d'Emil et nous étions donné la main. Nous avions tourné au rythme vif et fragile de cette mélodie qui me semblait la plus belle jamais entendue. Maman riait, Emil jouait, mon père regardait ma mère sourire.

Le bruit fracassant des portes qui se sont ouvertes m'a brusquement rappelé l'endroit où je me trouvais. J'ai regardé l'accordéoniste au teint sombre. Il était passé à un autre morceau que je ne connaissais pas. Dans le wagon, les gens avaient le nez baissé sur leur téléphone ou sur leurs pieds, quand ils ne tournaient pas la tête vers la fenêtre, bien qu'il n'y ait rien à voir.

Le musicien est descendu à la même station que moi. Je l'ai suivi du regard. J'aurais souhaité le remercier.

Pour quoi ?

Pour m'avoir rappelé ma mère ? Non, pas besoin, j'y pensais tout le temps.

Peut-être pour m'avoir ramené vers son sourire...

À la maison, j'ai retrouvé mon père occupé aux fourneaux. J'ai aussitôt reconnu les odeurs du *salam* de biscuits (un gros cake au chocolat, avec beaucoup de beurre) et de la brioche aux noix, qui me renvoyaient instantanément dans mon pays. Je me demandais bien comment mon père avait fait pour cuisiner tout cela, sachant que notre équipement électroménager se résumait à une plaque électrique, un minifour et un minifrigo.

– Ah ! Tu tombes bien, Loulou... tu vas m'aider. Tiens, tu veux bien mélanger la pâte ? m'a lancé mon père, dont les joues rouges étaient recouvertes de farine.

– Mais, tati, pourquoi prépares-tu autant de pâtisseries ? C'est beaucoup trop pour nous deux.

– C'est pas pour nous, mais pour les voisins. Ça fait

trois mois qu'on habite ici et on ne connaît personne. On va aller se présenter…

Je n'avais pas spécialement envie de faire leur connaissance, mais je savais que la vie de quartier manquait à papa. En Roumanie, les échanges étaient plus nombreux et surtout plus vivants. Par moments, je me surprenais à rechercher les bruits de là-bas, alors que, lorsque nous étions à Bucarest, je râlais contre les gens qui parlaient tout haut de sujets n'intéressant qu'eux : de l'otite de la petite à l'arrestation de la ministre de l'Environnement impliquée dans une affaire de corruption, de la hausse de la TVA à la nouvelle portée de la chatte de l'arrière-cour, de la voiture rutilante apparue en bas de la rue à la performance de Simona Halep*… Ici aussi, il y avait des bruits, mais ils étaient froids et métalliques, ou tristes et ternes : sonneries de téléphone, aspirateur, mixer, télévision… Les murs fins de notre immeuble nous en faisaient généreusement profiter. Alors, pour les faire taire, mon père me disait de jouer du violon.

– Va chercher les deux bouteilles de *ţuica***, m'a demandé papa.

Je n'ai pas osé refuser. Quand il était dans cet état d'esprit, je ne pouvais rien lui faire entendre. Et puis j'étais content de le voir de nouveau plein d'entrain et d'enthousiasme. Depuis qu'il travaillait comme carreleur, il en avait

* Joueuse de tennis roumaine.

** Eau-de-vie de Roumanie provenant de la distillation des prunes.

moins l'occasion. Les échanges avec les élèves et son métier de professeur de français lui manquaient de toute évidence.

– Et prends aussi celle de *palinca**, a-t-il ajouté.

– T'es sûr ? Ce n'est pas un peu fort pour des gens qui ne sont pas habitués ?

– Tss-tss, a fait mon père en secouant la tête, convaincu que ces deux eaux-de-vie seraient appréciées.

Vu leur haut degré d'alcool (entre 30 et 70 %), j'en étais également sûr. Elles mettraient beaucoup de chaleur dans le cœur de nos voisins.

Une heure plus tard, les assiettes de gâteaux et les trois bouteilles étaient vides. Chargés de notre plateau rempli de petits verres d'eau-de-vie, de tranches de *salam* de biscuits et de *cozonac*, nous avions fait les sept étages.

La famille turque du premier étage n'avait d'abord pas répondu à nos coups de sonnette, mais, quand elle avait entendu des rires résonner dans la cage d'escalier, elle était sortie sur le palier. Les uns après les autres, nos voisins avaient ainsi entrouvert leur porte timidement, un peu méfiants. Après un premier verre, ils s'étaient tous montrés brusquement joyeux et bienveillants. Papa avait même terminé la soirée chez le monsieur sénégalais du troisième à qui il avait appris l'hymne roumain. Et celui du deuxième lui avait promis qu'il parlerait au directeur de

* Autre eau-de-vie traditionnelle produite en Transylvanie et en Hongrie. La *palinca* peut être faite à partir de prunes, de pommes, de poires, d'abricots, etc.

l'école de son fils pour qu'il crée un poste de professeur de roumain à son intention. Il n'y avait sans doute que l'alcool pour rendre l'impossible possible le temps d'une soirée.

De retour chez nous, j'ai pris mon violon et joué quelques morceaux aussi joyeux que la soirée que nous venions de passer. Et, pour que papa et moi nous endormions avec le sourire de maman dans les yeux, j'ai terminé en interprétant le morceau que j'avais entendu sur la ligne 4, la musique qui avait donné à ma mère un air de femme heureuse. *Loli phabaj.*

Le jour où mon père est devenu George Clooney

Devant mon lit, j'hésitais entre deux chemises, les seules que nous possédions, celle avec laquelle j'étais venu de Roumanie, rescapée de mon jour de rentrée où je l'avais arrosée de jus d'orange et d'eau souillée, ou celle à fleurs roses et bleues que m'avait généreusement offerte papa le même matin. J'en avais une troisième, mais elle n'avait malheureusement pas supporté la cohabitation avec mes chaussettes bleues dans la machine à laver. J'ai finalement choisi la première, d'un blanc un peu terne à force d'avoir été lavée, mais chargée de souvenirs.

– Loulooooooooou ! C'est pour toi.

J'avais bien entendu la sonnerie de la porte mais je n'attendais personne. Je devais me rendre chez Anna pour qu'elle me coupe les cheveux, puis nous irions à l'Opéra avec les autres Zéanas. Grâce à son père, Son Excellence bulgare, Chavdar nous avait obtenu des billets pour aller visiter le palais Garnier. Tezel, Jae-Hwa, Marvin et moi n'avions jamais mis les pieds dans cet endroit que je rêvais de voir pour de vrai. Mais l'annonce de Chav' n'avait pas vraiment suscité le même enthousiasme chez mes amis, si je me fondais sur leurs réactions, ou plutôt sur leur manque de réactions. Anna avait également eu droit à son ticket, et, même si elle ne cultivait pas une réelle passion pour la musique et la danse, j'avais vu ses yeux noirs s'illuminer.

C'était elle qui se trouvait à la porte de notre appartement.

– Je me suis dit que ce serait mieux si je venais directement, c'est plus simple comme ça. Chez moi, c'est un peu compliqué en ce moment... m'a-t-elle dit, sans même me laisser le temps de la saluer.

– Mais comment tu connais mon adresse ?

– Hé, t'as oublié que je suis ta tutrice, j'ai accès aux dossiers des élèves que je *tutorise* ! m'a-t-elle lancé d'un ton qui n'autorisait plus aucune question.

– Loulou, fais donc visiter à la demoiselle. On ne laisse pas les gens sur le pas de la porte, tout de même, m'a suggéré mon père dans un français impeccable.

J'ai fait faire à Anna le tour de notre T1, suivi de près par tati. Difficile de ne pas se sentir observé dans un appartement de trente mètres carrés.

– Alors là, c'est la cuisine. Comme tu peux le voir, elle est trés peu équipée, car nous mangeons trés souvent au restaurant. La pièce d'à côté, c'est la chambre... notre chambre qui fait aussi salon, bireau*, salle dé concert et

* Mix de « bureau » en français et « *birou* », son équivalent roumain.

armoire. Et à droite, la salle dé bains et les toilettes que nous voulions réunies pour ne pas perdre notre temps entre les trajets.

– N'oublie pas le cagibi, Loulou, a complété mon père, en ouvrant fièrement la petite pièce entre la porte d'entrée et le minifrigo.

Anna n'avait rien dit, mais son sourire et son air amusé valaient tous les mots.

– Bon, où sont-ils, ces ciseaux ? m'a-t-elle lancé en mimant d'une main le mouvement de l'instrument.

Tati est parti les chercher, puis il nous a installé le tabouret de la cuisine dans la chambre, face au miroir accroché au mur, à quelques centimètres de la série de photographies que j'avais punaisées au-dessus de mon lit. On y voyait ma mère, parfois seule, parfois avec mon père, parfois avec moi. Elles évoquaient des moments de bonheur apparent : le mariage de ma tante avec Emil, nos vacances au bord de la mer Noire, mes premiers mètres à vélo, aidé de maman… Un bonheur que ses yeux d'alors distinguaient seulement en clair-obscur.

Suivant le regard de mon amie qui passait du portrait de ma mère au reflet du miroir, j'ai senti un frisson me parcourir jusqu'aux pieds. Les yeux d'Anna : noirs, profonds, obscurs, mystérieux… Ceux de maman : noirs, profonds, obscurs, mystérieux. Et leurs chevelures : cette même épaisseur, cette même couleur brune…

J'étais troublé, et je n'arrivais plus à détacher mes yeux des deux « A(n)na » qui me faisaient face.

– Bon, je commence par où ? m'a demandé mon amie en brandissant la paire de ciseaux.

J'ai baragouiné un semblant de réponse avant de baisser la tête.

Pendant qu'Anna me coupait les cheveux, je suis resté silencieux, n'osant pas me regarder dans le miroir. Non par peur de ne pas aimer ma nouvelle coupe de cheveux, mais par peur d'y croiser le reflet de ma mère.

Mon amie lançait des sujets de conversation auxquels je ne parvenais pas à m'accrocher.

– Mais qu'est-ce que t'as ? Ça ne te plaît pas ?

– Si, si. C'est trés bien comme ça, me suis-je empressé de lui répondre.

Ma coiffure n'y était pour rien ; au contraire, Anna avait coupé juste ce qu'il fallait pour que mes boucles retrouvent leur taille et leur élasticité originelles.

Après en avoir eu fini avec moi, elle a proposé à mon père de bénéficier d'une « petite coupe rafraîchissante ». Comme je m'y attendais, il a d'abord refusé. Il ne voulait pas la laisser toucher à sa tête, tenant trop à sa coiffure « alendelon ». Mais, ne pouvant plus prétexter le prix de la coupe, il a finalement accepté que mon amie s'occupe de ses cheveux.

Quelques coups de ciseaux plus tard, ses mèches grises et blanches mêlées à mes boucles noires formaient sur le lino de notre chambre les vestiges en noir et blanc de notre passé commun. Mon père s'est alors longuement regardé dans le miroir, puis il a tourné la tête vers le mur où trônait un portrait d'Alain Delon, version années 2000. Dans ses yeux un peu humides, je percevais de la tristesse, sans doute difficile à comprendre pour quelqu'un qui n'avait pas vécu dans un pays où la seule ouverture vers le monde extérieur et la seule impression de liberté provenaient d'une poignée d'acteurs français.

– Monsieur Popovici, vous ressemblez à George Clooney ! l'a complimenté Anna.

– George qui ? a demandé tati.

Mon père était sans doute le plus grand francophile roumain, mais il ne connaissait absolument rien au cinéma hollywoodien. Il ignorait totalement qui étaient George Clooney ou Brad Pitt. En revanche, il pouvait réciter par cœur les répliques de *La Soupe aux choux* et du *Gendarme de Saint-Tropez*. Le chou étant très présent dans la cuisine roumaine, papa imitait régulièrement Jacques Villeret, en grommelant des glouglous qui, enfant, me faisaient rire aux éclats. Parfois aussi, quand je me réveillais bougon le matin ou que je me couchais grognon après un dîner où maman n'avait pas ouvert la bouche, il s'affublait du chapeau de Zorro que j'avais gardé du carnaval de l'école et reprenait la danse de Louis de Funès dans *Les Aventures de Rabbi Jacob*, faisant se balancer ses mèches de cheveux encore noirs dans une sarabande joyeuse.

– Bon, on y va, maintenant ? m'a rappelé Anna, en prenant son manteau.

– Oui, oui, tout de suite ! ai-je répondu d'une voix lointaine. Laisse-moi juste cinq minutes.

Avant de partir, j'ai cherché *The Descendants** sur Internet.

Tati pourrait ainsi faire connaissance avec son sosie américain pendant que nous serions à l'Opéra.

* Film d'Alexander Payne, avec George Clooney, 2012.

Le bonheur est à l'Opéra

C'était un Chavdar tout gominé qui nous attendait au pied des marches de l'Opéra, accompagné de Marvin, de Jae-Hwa et de Tezel, tous trois assis sur les marches, en train de *boutonner* sur leur téléphone portable. Le verbe *boutonner* n'existait pas en français dans ce sens, comme me l'avait déjà dit Anna, mais je trouvais que pour une fois le roumain avait une longueur d'avance sur le français. Ce mot exprimait parfaitement le geste que nous faisons tous, consistant à appuyer frénétiquement sur des petits boutons virtuels. Après notre discussion, Anna avait reconnu la pertinence du verbe roumain, et elle avait même proposé le terme de *boutonnite* pour désigner la maladie de Marvin, de Jae-Hwa, de Tezel et de tous ceux qui étaient sans arrêt en train de pianoter sur leur téléphone. Nous avions appris à conjuguer *boutonner* à tous les temps. Un verbe du premier groupe comme « aimer », m'avait rappelé Anna.

Contrairement à Chavdar, qui avait échangé son sweat avachi et son baggy contre un blazer et un pantalon noirs très élégants (gardant cependant ses baskets Nike rutilantes), Jae-Hwa et Marvin étaient restés égaux à eux-mêmes. La première portait un jean, un T-shirt et une veste en cuir rouge, et avait un épais trait noir autour des yeux et un gloss marron sur les lèvres. Le second affichait son éternel jean troué et ses longs cheveux légèrement graisseux (*like Pete Doherty*, m'avait-il expliqué). Quant à Tezel, elle était telle que nous la connaissions, toujours à l'ouest, puisqu'elle pensait que nous allions au cinéma et non à l'Opéra.

Dans ce groupe assez éclectique, Anna faisait piètre figure : jupe plissée noire, blazer et ballerines bleu marine. Pourtant, elle avait un je-ne-sais-quoi la distinguant de nous tous. Un petit quelque chose qui ne donnait envie que d'une chose : la regarder, ne plus arrêter de la regarder.

C'est ainsi que nous avons franchi les hautes portes de l'Opéra. Chavdar nous a précédés, en sortant fièrement les billets grâce auxquels nous allions visiter ce lieu vieux de cent quarante ans et faisant la fierté de la capitale. Jae-Hwa et Marvin se contrefichaient totalement de ce qui contribuait (ou pas) à la renommée de Paris et auraient préféré explorer les coulisses d'une salle passant des « concerts de rock qui tapent ». Quant à Tezel, elle regrettait que nous n'allions plus voir le remake du film *Beethoven*, même s'il n'en avait jamais été question.

Tandis que nous attendions au guichet pour récupérer

nos casques audio, je contemplais le hall d'entrée. Malgré ses grands murs sombres, il rayonnait de l'éclat des concerts et des ballets qu'il avait accueillis, de l'éblouissement de tous ces gens qui avaient assisté à ses spectacles, du rêve qu'il suscitait rien que par son nom…

Katarina, notre guide, était une Ukrainienne installée en France depuis plus de vingt ans, dont l'accent très marqué montrait clairement que, si elle avait quitté son pays, sa langue, elle, ne l'avait pas quittée. Comme nous tous d'ailleurs. Il y aura toujours quelque chose de nos racines qui s'accrochera.

En s'asseyant sur la rampe du grand escalier de marbre, Chavdar s'est fait remarquer dès le début de la visite. Notre hôtesse l'a fermement rabroué. Vexé, mon ami s'est mis à baragouiner en bulgare. Et ce qu'il disait ne ressemblait pas du tout à des mots doux. Après avoir admiré la rotonde, la nef et deux allégories féminines tenant « des bouquets de lumière », nous avons eu droit aux commentaires personnels et hautement inutiles de notre guide ukrainienne. Puis nous avons rejoint la salle de spectacle.

Chavdar, Jae-Hwa et Marvin se sont aussitôt affalés sur les fauteuils en velours rouge. Anna et moi avons été obligés d'aller chercher Tezel qui attendait encore dans le grand escalier, n'ayant pas entendu ou compris les indications de Katarina.

De retour dans le théâtre à l'italienne, nous nous sommes laissé aspirer par l'immense plafond. Sans savoir à ce moment qu'il avait été peint par un certain Marc

Chagall, sur une commande d'un certain André Malraux. Ses couleurs et la lumière qu'il dégageait suffisaient à capter toute notre attention. Il émanait de lui tant de vie.

Devant nos deux têtes renversées, Chavdar, Marvin, Jae-Hwa et Tezel ont aussi levé les leurs. J'ignorais à quoi pensaient mes camarades, mais leur silence suggérait qu'ils étaient émus eux aussi. La beauté laisse parfois sans voix. Elle renvoie aussi à d'autres choses, à d'autres émotions passées… Assis dans un des fauteuils rouges du palais Garnier, je suis reparti quelques minutes dans mon pays. À l'Opéra de Iaşi, dans le nord de la Roumanie. Je faisais alors un voyage avec mes parents, dans la ville natale de ma mère, et nous nous étions offert des places pour aller écouter *La Bohème*, de Puccini. Je me rappelais avoir été saisi par la splendeur du plafond de la salle : ses couleurs pastel et ses personnages de nymphes et d'anges avaient été mon premier contact avec l'art. Un idéal de beauté démultipliant les émotions. Ce n'était pas le courant artistique auquel appartenait l'œuvre, son année de réalisation ou ses influences que j'avais retenus, mais ce qu'elle provoquait quand on la regardait : une illumination, un vertige, un éblouissement que ce jour-là, à l'Opéra de Paris, je ressentais à nouveau. Cet écho impalpable et incontrôlable me donnait la sensation de ne pas être physiquement à l'endroit où je me trouvais réellement.

– Faut y aller, Luca. Le groupe et la guide s'en vont, m'a dit Anna, en me tapotant doucement le bras.

J'ai quitté Iaşi, ses nymphes, mes parents encore

ensemble, mon émerveillement et mon insouciance, et je suis revenu à Paris, aux côtés de mes amis.

Un à un, les autres visiteurs sortaient de la salle. Il ne restait pratiquement plus que nous.

Recouvrant mes esprits, j'ai tourné la tête. Marvin et Tezel s'étaient endormis dans leur fauteuil. Chavdar était monté sur scène et improvisait un morceau de hard-rock sans guitare, Anna me regardait et Jae-Hwa tournait les faces d'un Rubik's Cube. J'hallucinais ! Nous étions à l'Opéra de Paris, et elle, elle jouait à un casse-tête !

– Mais, Jae, qu'est-ce que tu fais ?

Impassible et concentrée, elle continuait de manipuler son cube dans tous les sens.

– Ma pays, champion du Rubik's Cube ! Record battu hier ! Quatre secondes cinquante-neuf. Môa, vouloir faire pareil, môa, pouvoir faire encore bioucoup mieux, m'a-t-elle répondu sans lâcher l'objet coloré.

– Mais dépêchez-vous, on va perdre le groupe ! s'est énervée Anna.

Chavdar, toujours sur scène, sautait comme un fou, s'imaginant dans la peau du guitariste des Guns N' Roses.

Marvin ronflait.

Tezel dormait, un filet de bave lui coulant sur le menton.

Jae-Hwa rubikait en se chronométrant.

Anna trépignait, et ses grands yeux noirs furibonds lui donnaient un charmant petit air de guerrière.

Un quart d'heure plus tard, nous sortions enfin de la

salle sans savoir où se trouvait notre groupe. Dès que nous croyions l'avoir repéré, nous réalisions que ce n'était pas le nôtre. Les touristes se ressemblaient tous : sac à dos, casquette, téléphone portable prêt à photographier et le précieux casque audio prêté par l'Opéra pour que chacun puisse saisir les paroles tout aussi précieuses de ses guides.

Nous avons descendu et monté le grand escalier un nombre incalculable de fois, couru d'une salle à une autre, slalomé entre les visiteurs, traversé la rotonde du glacier, la bibliothèque-musée, la galerie de l'orchestre, les balcons de l'Opéra, nous avons admiré la vue sur la place, pouffé de rire devant les statues dénudées et fait un selfie collectif avec celle de Lully (un violoniste habillé) : Chavdar et Marvin, perchés derrière lui, faisaient le V de la victoire, Tezel et Jae-Hwa étaient nonchalamment assises de chaque côté du compositeur, et Anna et moi posions devant. Chacun dans sa langue, nous avons prononcé le *cheese* qui nous ferait tous sourire devant l'objectif. Même si nous n'en avions pas besoin : cette cavalcade dans le labyrinthe de l'Opéra avait marqué nos visages d'un air heureux indélébile.

En avant la musique

Deux jours après notre visite de l'Opéra, je suis retourné chez mon professeur de violon. Comme à son habitude, M. Ostinato m'a accueilli froidement, me priant de prendre mon archet et de faire « sans traîner » mes exercices d'échauffement. Je m'efforçais de les maîtriser chaque fois un peu mieux pour ne pas voir s'afficher sur le visage de mon professeur cet air insatisfait et ennuyé qui me glaçait immédiatement. Il me fallait tout d'abord travailler la position. «Tu dois fusionner avec ton instrument, me répétait-il, jusqu'à ce que ton corps, ton archet, ton violon ne fassent qu'un, jusqu'à ce que tout ton être devienne instrument.» Et, quand je n'y parvenais pas, mon professeur m'arrachait mon Gliga* et mon archet des mains, et me faisait travailler la posture, pour affermir ma position debout, « tel un arbre enraciné mais qui peut bouger ». Puis nous passions à la respiration : abdominale,

* Marque de violons roumaine.

costale, sternale, globale, avant d'enchaîner avec la gymnastique des mains. « Il faut que ton doigt, en tombant sur la corde, se présente arrondi, et sans que la force vienne du poignet, mais seulement de la troisième phalange. Ta main doit toujours conserver une grande souplesse, il faut que tu lèves suffisamment tes doigts pour leur imprimer une sorte d'élan. » Je continuais ainsi à travailler la position de ma main gauche, puis nous passions aux mouvements de l'archet et aux gammes. Si je n'y arrivais pas, je devais répéter encore et encore jusqu'à ce que je sente des fourmillements, et même des crampes. Quand, enfin, j'entendais mon professeur rugir : « En avant la musique, mon garçon ! », cela signifiait que j'avais convenablement fait mes exercices d'échauffement.

Sans m'accorder de pause, je devais alors passer à la *Sonate pour violon n° 3* d'Enescu* ou au *24ᵉ Caprice* de Paganini.

– Mercredi, c'est Paganini ! avait décrété Ostinato.

Étant donné qu'en français aucun des jours de la semaine ne finissait en « cu » (« Bah, heureusement ! » s'était écrié Chavdar, complètement hilare, quand j'avais naïvement partagé mon constat avec mes amis), je devais plus souvent répéter l'œuvre italienne que la composition roumaine. À mon grand regret, tant le Génois m'en faisait voir de toutes les couleurs.

La main droite sur mon archet, les yeux rivés sur les

* George Enescu (1881-1955) : compositeur roumain, violoniste virtuose, chef d'orchestre et pianiste.

notes que je commençais à lire en double, je m'apprêtais à jouer quand j'ai entendu la sonnerie du téléphone résonner dans la pièce d'à côté. Un séjour ou une chambre, ai-je supposé. M. Ostinato est resté quelques secondes avec l'index levé, se demandant visiblement ce qu'il devait faire : continuer avec Paganini et son apprenti ou bien aller décrocher l'appareil. Le timbre de ce dernier ne semblant pas vouloir s'arrêter, mon professeur s'est résolu à me laisser pour aller faire cesser le bruit strident.

J'en ai profité pour abandonner mon violon et mon archet. Relâcher mes épaules crispées, assouplir quelques minutes mon corps tendu, détendre ma mâchoire vissée et dénouer mes nerfs exacerbés. Assis sur la chaise recouverte de velours rouge, mon regard s'est posé sur les quatre photos accrochées au mur, de chaque côté de la bibliothèque. Des paysages de montagne, un gros chien se dressant sur ses pattes arrière, un violoniste sur scène en train de saluer... Je me suis relevé pour me rapprocher de la quatrième photographie. En noir et blanc, elle montrait un petit garçon en culottes courtes assis sur un banc, les yeux inquiets, tristes même, et les mains jointes. De cette image émanait une atmosphère de vide, de solitude, qui me glaçait et me troublait à la fois. Le noir prenait le dessus sur le blanc. Aucune lumière ne filtrait. Le ciel était parcouru de taches sombres. Il n'y avait que la blancheur du visage et celle des mains serrées du garçonnet pour faire légèrement scintiller l'image terne.

Le claquement de la porte m'a fait sursauter et me

retourner brusquement, comme un voleur pris en flagrant délit. M. Ostinato était de retour et me dévisageait d'un air interrogateur. Puis l'expression de son visage a changé, il s'est approché et s'est mis à observer la photo de l'enfant triste. À mon tour, je me suis retourné et nous l'avons contemplée, ensemble, en silence.

– Tu te demandes qui est ce petit garçon, n'est-ce pas ?

– Oui, un peu… ai-je marmonné.

– Eh bien, ce petit garçon, c'était moi il y a soixante ans.

L'enfant mélancolique du cliché devait avoir 9 ou 10 ans. J'ai rapidement fait un calcul dans ma tête pour en déduire l'âge de mon professeur.

– Pourquoi aviez-vous cet air triste ? lui ai-je demandé.

– Tu me trouves triste ?

– Oui, un peu…

L'homme au visage émacié a laissé passer quelques minutes pour remonter le fil des années.

– Tu as raison, Luca, j'étais malheureux. J'avais appris ce jour-là que mes parents étaient morts dans un accident de voiture alors qu'ils venaient me chercher chez mes grands-parents maternels.

Il avait dit cette phrase d'un seul souffle, les yeux rivés sur l'image en noir et blanc. Les miens étaient fixés sur le profil de son visage creusé. Sa voix m'avait fait penser à la *3e Gymnopédie* de Satie. Grave et résignée. Une manière de dire que la vie était ainsi, composée de notes joyeuses et de notes douloureuses, mais qu'il fallait faire avec et passer au morceau suivant. Quoi qu'il advienne...

– Ce jour-là, mes grands-parents avaient fait venir un photographe. À cette époque, on ne faisait pas de portraits aussi facilement qu'aujourd'hui. Et chez moi, il y avait tout un rituel, on décidait de la date longtemps à l'avance, on choisissait le photographe, on mettait de l'argent de côté pour le jour J. Mon grand-père n'avait pas voulu faire repartir le monsieur, et il m'avait fallu poser devant l'objectif alors que deux heures plus tôt l'hôpital nous avait téléphoné pour nous annoncer la mort de mes parents. Le photographe m'avait prié de sourire. Mon grand-père aussi. Mais je n'avais pas pu.

– Pourquoi avez-vous gardé une photo qui vous rappelle un événement si triste ?

– Pour me souvenir de mes victoires. Celle d'avoir réussi à rester debout malgré le malheur, celle d'avoir dépassé mes peurs, que la perte de mes parents avait déclenchées, celle d'être parvenu à trouver plus tard, ailleurs, un autre bonheur.

– Vous avez été adopté ?

– Non, Luca, m'a répondu M. Ostinato, les yeux soudainement étincelants. Je suis resté chez mes grands-parents. Mais la musique m'a adopté, j'ai trouvé en elle le bonheur que mon père et ma mère ne pouvaient plus m'offrir... Le violon et l'archet sont devenus en quelque sorte les bras des parents que je n'avais plus.

J'écris ton nom

Cela faisait déjà plusieurs mois que nous étions à Paris et j'avais toujours l'impression d'être arrivé la veille.

– Le rythme parisien, ronchonnait sans arrêt mon père, je ne m'y habituerai jamais !

Entre le lycée, mes leçons de violon, les courses et le ménage, les journées passaient en effet à toute allure. Dès que je le pouvais, j'aidais mon père dans les tâches du quotidien, malgré tout, il m'était impossible de ne pas remarquer ses traits de plus en plus tirés. Paris accélérait-il le vieillissement de ses habitants ? Le manque de verdure et de parcs y était sans doute pour quelque chose, ainsi que les bouchons interminables et les rues surchargées, où le moindre espace était occupé par du béton ou de la pierre. Même le ciel était en train de rétrécir, envahi par tous ces immeubles serrés les uns contre les autres. Pas étonnant que l'asthme bronchique de tati ait repris de sa vigueur.

Nous avions finalement trouvé un peu de temps pour nous occuper de notre couverture sociale. Aller à la caisse primaire d'assurance maladie et, enfin, trouver un médecin traitant qui veuille bien d'un nouveau patient. Roumain, qui plus est…

– La Roumanie ? Vous venez de Roumanie ? avait répété deux fois la secrétaire médicale tout en mâchant son chewing-gum à la menthe. Oh là là, mais c'est horrible là-bas !

Mon père s'apprêtait à répondre, mais une quinte de toux l'en avait empêché. Je savais que ce genre de remarques, loin d'être isolées, le mettait dans tous ses états. Moi aussi. Mais pouvions-nous modifier la mauvaise image que la Roumanie et les Roumains avaient en France et en Europe ? Difficile de faire comprendre aux Français que non, notre pays, ce n'étaient plus les orphelinats de Ceauşescu, les enfants au regard hagard parqués dans des lits à barreaux, ou les sniffeurs de colle. Comment leur faire entendre que la Roumanie, c'était d'abord les parcs verdoyants dans les villes, les marchés ouverts tous les jours de la semaine, leurs fruits et légumes délicieux, les champs de tournesols, les monastères aux fresques colorées ? Pourquoi les gens commentaient-ils des choses sans les connaître ? Au fond, c'était un peu pareil avec la France en Roumanie. Mais dans le sens inverse. Et toujours en faveur de l'Hexagone. Chez nous, on en parlait comme du pays des Lumières et des droits de l'homme, de la baguette et des macarons, du bon vin et du fromage, de l'élégance et du savoir-vivre… À présent que je vivais à Paris, je me rendais compte qu'à cette image se superposaient celles du béton gris, des wagons de métro sales, des bousculades dans les rues, des magasins bondés, des transports en commun nauséabonds, de la misère des gens dehors, des sans-abri et des migrants affamés, frigorifiés et déçus de ne pas avoir trouvé dans la France une terre d'accueil. Au fond, il fallait aller en Roumanie pour réaliser que son image négative à l'étranger était fausse, et il fallait séjourner à Paris pour découvrir que le prestige entourant la capitale française ne se justifiait pas ou plus.

En ce samedi où on arrivait à glaner quelques rayons de soleil, je me rendais chez Anna qui parviendrait sûrement à chasser mes pensées négatives.

Notre professeure de français nous avait demandé de réaliser un commentaire composé du poème « Liberté », de Paul Éluard, et d'en écrire un à la manière du poète. Le travail était individuel, mais Anna s'était proposé de m'aider.

Et par le pouvoir d'un mot
Je recommence ma vie
Je suis né pour te connaître
Pour te nommer

Liberté

Anna avait une voix si douce que j'aurais aimé l'entendre lire quelques strophes supplémentaires. Son timbre clair et flûté donnait aux vers de Paul Éluard une force poétique encore plus grande. Il faisait naître dans mon esprit d'autres mots que je passais aussitôt sous silence.

Sur l'espoir sans souvenir
J'écris ton nom.

Anna

– Alors ça t'inspire ? m'a demandé Anna.

– Euh, oui… C'est… beau, lui ai-je répondu bêtement.

Lorsque j'étais avec elle, je faisais souvent de grandes pauses entre les mots. Le temps nécessaire à mon cerveau pour trouver le bon verbe, le bon mode, la bonne personne et la bonne conjugaison. Mieux valait que j'aie en face de moi un interlocuteur patient.

Et Anna l'était. Elle attendait calmement que mes pensées deviennent des paroles.

Nous avons passé une demi-heure à décortiquer le poème « Liberté ». Souligner les mots, entourer les allitérations, repérer les anaphores, les synesthésies et autres processus de personnification.

Tous les deux étions assez opposés sur le sens de ce poème que nous interprétions chacun de manière différente. Je le voyais surtout comme une déclaration d'amour, alors qu'Anna en parlait comme d'un chant de lutte et d'espoir. C'est pour cela que j'avais conclu mon commentaire en écrivant que cet hymne à la femme était aussi un poème célébrant la vie et la liberté. Je ne voulais pas vexer Anna, qui n'acceptait pas mon point de vue et me qualifiait de « trop romantique ».

Pourtant, en cherchant sur Internet, j'avais découvert que le poète avait écrit ce poème pour Nusch, sa compagne, et qu'il avait finalement remplacé son prénom par le mot « liberté ».

Une fois notre analyse achevée, Anna m'a demandé le thème du texte que j'allais écrire.

– Il faudrait que tu parles d'un sentiment, d'une émotion… elle peut être positive, négative, agréable, désagréable, bizarre, violente… l'important, c'est de garder le même mystère que dans le poème d'Éluard, m'a-t-elle expliqué.

– Jé ne sais pas… J'ai besoin de réfléchir, lui ai-je répondu, même si quelques vers résonnaient déjà très fort dans ma tête.

– « Je », Luca, « je ».

Je ne comprenais pas ce qu'elle tentait de me dire. Elle se mettait peut-être à bégayer sous l'effet de l'émotion, un peu comme moi ? Le cœur battant, j'ai attendu qu'elle continue.

– « Je », pas « Jé », a-t-elle repris.

Ce n'était que ça… J'étais définitivement trop romantique. Un rêveur éveillé, comme m'appelait souvent mon père. Déçu, j'ai récité dans ma tête les vers que je lui aurais dits si elle m'avait confié ressentir la même chose que moi.

Sur les cils de tes yeux noirs

Sur tes longs cheveux brillants
Sur ta nuque couleur d'ivoire

J'écris ton nom...

– Luca, m'a interrompu Anna. Je voulais te dire, au sujet de ta mère...

Je n'ai pas pu continuer le poème que je composais en pensée. C'était l'image de maman qui était venue à sa place. Une photo froissée en noir et blanc.

– Je t'ai dit l'autre jour que j'avais eu ton adresse parce que j'avais accès au dossier des élèves que j'aide... Je sais donc aussi que...

Anna me regardait fixement, attendant visiblement une réaction de ma part.

– ... que ma mère est morte, ai-je finalement continué d'une voix vacillante, comme si je n'étais pas sûr de ce que j'énonçais.

Je préférais prononcer ces mots moi-même, mais j'aurais souhaité que cela se passe autrement.

– Je voulais te dire que je comprenais que tu n'aies pas pu nous en parler... que tu n'aies pas pu m'en parler... Parfois, je crois que l'histoire de nos parents est tellement compliquée, et douloureuse pour nous, pour eux, qu'on préfère la taire...

Puis elle m'a pris la main. Et comme ça, la chaleur de sa paume dans la mienne, je lui ai parlé du dernier sourire de ma mère.

Aux origines

Alors que je venais de raconter à Anna ce dont je ne parlais jamais, quand pourtant il ne se passait pas un jour où je n'y pensais pas, sa mère est arrivée. Une belle femme à qui je n'aurais su donner d'âge.

– Bonjour, madame Solari, lui ai-je dit avant même qu'Anna ne nous ait présentés.

Leurs yeux à toutes les deux ne laissaient aucun doute sur leur lien de parenté.

– Bonjour, Luca, m'a-t-elle répondu. Mais, s'il te plaît, appelle-moi Cristi… Appelle-moi Christine.

– D'accord, comme vous voulez.

– Vous avez déjeuné, les enfants ?

– Non, maman, on t'attendait pour faire la popote ! l'a gentiment taquinée sa fille.

Tandis que sa mère lui répondait, j'ai remarqué son phrasé particulier, une petite intonation et une syntaxe curieuse, comme si elle n'était pas française. Notamment les « u » qui faisaient légèrement « ou » et les « ou » qui ressemblaient davantage à des « o » prolongés. Je reconnaissais la prononciation des Roumains quand ils se mettaient à parler français. À Bucarest, en cours de langue, mes camarades avaient la même. Tout comme moi, malgré mes efforts pour la gommer. C'était sans doute le cas de beaucoup d'étrangers essayant de parler français. Mme Solari avait peut-être des origines italiennes ou espagnoles.

– Tu veux que je t'aide à préparer, maman ? Je peux laver la salade, a proposé Anna, tandis que je commençais à m'ennuyer, attablé tout seul devant le poème d'Éluard.

– Avec plaisir, ma chérie, l'a remerciée sa mère.

Cette expression familière m'a fait sourire. Sans doute que, d'où elle venait, on employait aussi ces deux mots qu'on utilisait un peu à toutes les sauces chez nous.

– Et vous êtes dans la même classe ? a-t-elle demandé en ouvrant un placard.

– Oui, maman, depuis la rentrée. Luca est de Bucarest, a répondu Anna.

À cet instant, sa mère a laissé échapper la casserole qu'elle venait d'attraper. Elle est tombée sur l'égouttoir de l'évier dans un fracas assourdissant, envoyant valdinguer les deux assiettes et le bol qui y séchaient tranquillement.

– *La naibă, ce am făcut** ! a-t-elle fulminé contre elle-même.

J'ai aussitôt compris que Mme Solari n'était ni italienne

* Expression roumaine signifiant : « Merde, qu'est-ce que j'ai foutu ! »

ni espagnole. Et cette phrase n'était pas non plus française, mais roumaine. C'était bien la première fois que des gros mots me rendaient heureux.

– Ça va, maman ? s'est inquiétée Anna, déjà à ses côtés.

– Oui, oui, rien de grave, c'est seulement de la vaisselle, après tout, a bougonné Mme Solari tout en ramassant les débris.

Elle semblait très nerveuse et totalement indifférente aux bouts de ses doigts entaillés par les morceaux de faïence.

Anna m'a lancé un regard embarrassé.

– Euh… Je crois que je vais y aller. Je dois faire des courses avec ma… mon père, leur ai-je annoncé d'une voix hachée.

– D'accord, je vais te raccompagner, a lancé mon amie, visiblement soulagée que je les laisse seules.

Je ne souhaitais pas non plus m'attarder davantage. La réaction de sa mère m'avait mis mal à l'aise et je n'avais pas envie de l'entendre dresser un portrait accablant de la Roumanie, comme le faisaient certains Roumains exilés à l'étranger, noircissant volontairement leur pays pour justifier leur propre départ.

– Au revoir, Christine… madame Solari, ai-je bafouillé à son intention tandis qu'elle me tournait le dos.

Concentrée sur les tessons de vaisselle, elle a baragouiné quelques mots que je n'ai pas saisis.

Le vent frais de l'automne a permis de dissiper le

malaise qui s'était glissé entre Anna et moi dans la cuisine. Adossés à la palissade de sa maison, nous avons laissé passer une poignée de minutes sans nous parler.

Quand le spectacle des feuilles mortes courant les unes après les autres a fini par me lasser, j'ai pris la parole.

– Donc, ta mère… elle est roumaine ?

– Oui, m'a répondu Anna en soupirant. Elle est née à Bucarest. Elle y a vécu jusqu'à ses 18 ans, l'âge auquel elle est partie pour la France… Mais je ne sais rien de plus. Elle refuse d'en parler et ne veut pas non plus que je mentionne ses origines aux autres. C'est pour cela que je ne t'ai rien dit, Luca, je suis désolée. Même son prénom, elle le rejette. Elle s'appelle Cristina et pas Christine, comme elle le raconte à tout le monde.

– Et ton père ? Il est aussi…

– Non, il est français, mais lui non plus il ne me dit rien. Personne ne me dit rien dans cette foutue famille ! s'est-elle énervée.

C'était la première fois que je voyais Anna dans cet état. Habituellement, elle maîtrisait ses émotions, y compris lorsqu'elles étaient négatives. Même quand les garçons de seconde A la sifflaient au portail du lycée ou qu'elle se faisait envoyer balader par la CPE pour avoir demandé un aménagement de mes UPEA2, elle restait toujours supercalme. Contrairement à moi, dont la peau virait de toutes les couleurs dès que certaines choses m'échappaient ou me mettaient en colère. Dans un sens, j'étais rassuré de voir qu'elle aussi était une partition faite de notes inattendues.

– Et, bien entendu, tu ne sais rien non plus sur tes grands-parents maternels ?

– Non, rien du tout… Mais je commence à le supporter de moins en moins. En admettant qu'ils soient vivants, le temps passe, et bientôt, si ça se trouve, il sera trop tard pour que je les rencontre. C'est du gâchis, tout ça ! a conclu Anna en se mettant à pleurer.

Sans me rendre compte de ce que je faisais, je me suis approché d'elle et je l'ai prise dans mes bras. Comme ça. Juste mes bras posés sur ses épaules. Juste sa tête appuyée contre la mienne. Juste nos deux souffles mêlés.

Nous sommes restés ainsi quelques secondes que j'aurais aimé pouvoir transformer en heures.

Puis je me suis écarté avec douceur, avec prudence, pour ne pas faire exploser en mille morceaux notre accord parfait.

Je venais d'avoir une idée.

– Et tu connais leur nom ? Je peux t'aider à les retrouver, si tu veux ! lui ai-je dit d'un ton un peu trop enflammé.

– Non, je ne sais rien…

– Mais ta mère a sûrement gardé sa carte d'identité roumaine ou une papier qui donne le nom de ses parents ?

– Mais même si je les trouvais, en quoi ça m'aiderait ?

– Retrouve d'abord sa carte et on verra après. Ce

n'est pas pour rien qu'on dit que les Roumains sont débrouillards, ai-je ajouté en lui souriant.

À la maison, tati m'a demandé comment s'était passée ma journée. Habituellement, je lui faisais un compte rendu assez détaillé de mes activités, mais là, je ne savais pas ce qu'il m'arrivait, je me sentais bloqué. Je souhaitais garder pour moi les moments passés avec Anna.

Alors, au lieu de parler, j'ai pris mon Gliga et j'ai joué le *Concerto pour violon n° 1* de Bruch. Ostinato m'avait demandé de travailler les *Caprices* de Paganini, mais j'avais envie d'un morceau plus mélodique et plus puissant, en accord avec ce qui se passait en moi.

Mes notes parlaient à ma place, et mon père ne m'a pas posé d'autres questions.

C'est où, chez moi ?

– Alors ? ai-je demandé à Anna dès le lundi matin. Il était 8 heures, et nous entamions la semaine par une heure de français. Elle m'a regardé sans rien dire, le visage grave.

– As-tu trouvé le nom de tes grands-parents ?

Toujours silencieusement, Anna m'a tendu des coupures de presse en roumain et en français. Elles étaient datées des mois de novembre et de décembre 1989. On y voyait notamment une jeune gymnaste aux cheveux coupés au bol brandissant une médaille, et un homme aux deux poings levés. La première avait décidé de fuir la Roumanie afin de gagner sa liberté. Le second avait dirigé notre pays durant un quart de siècle. Puis j'ai lu les gros titres accompagnant ces photos en noir et blanc. « Le camarade Ceauşescu, réélu à la fonction suprême de secrétaire général du Parti », annonçait le journal roumain *La Flamme*. « Comăneci, le grand saut », « Nadia Comăneci s'envole pour l'Ouest », « Une étoile quitte l'obscurité »,

« Elle a choisi la liberté », « L'effondrement du régime Ceaușescu », « Le soulèvement roumain », « Roumanie : l'insurrection », « Roumanie : le sang de la liberté », publiaient en page de une *Le Monde, Le Figaro, Libération, Paris Match* et *Le Nouvel Observateur.* À cette époque, notre histoire franchissait tristement les frontières. Les gens découvraient ce qu'il se passait dans ce petit pays de l'Est coincé derrière le rideau de fer.

– Qu'est-ce qu'il dit, celui-ci ? m'a demandé Anna à voix basse en me montrant l'article du journal roumain *La Flamme.*

– Le 24 novembre 1989, Ceaușescu a été réélu secrétaire général du Parti communiste. Il restait ainsi le dictateur absolu de la Roumanie. Il était au pouvoir depuis 1965, ai-je commencé à lui expliquer en chuchotant. Certains Roumains fuyaient le pays, comme Nadia Comăneci, une championne olympique de gymnastique qui s'est exilée aux États-Unis. Les gens étaient à bout, épuisés moralement, physiquement, affamés…

– Et ensuite, qu'est-ce qu'il s'est passé ? m'a pressé Anna.

– La révolution a éclaté un mois après. Le 22 décembre, le siège du Parti communiste roumain a été envahi par la foule, obligeant Nicolae Ceaușescu et sa femme à prendre la fuite. La régime s'effondrait enfin… Trois jours plus tard, le dictateur et sa femme étaient fusillés. Mais la révolution avait tué plus d'une millier de personnes et en avait blessé 3 000 autres.

Anna était assise derrière moi, ce qui m'obligeait à me retourner pour lui parler. Un mouvement qui était loin de passer inaperçu.

– Luca, s'il te plaît, peux-tu t'intéresser au cours plutôt qu'à ta camarade assise derrière toi ? m'a réprimandé Mme Cantonais. Et puisque tu sembles tant vouloir parler, fais-nous partager le poème que je vous ai demandé d'écrire à la manière de « Liberté », de Paul Éluard.

Je ne me sentais absolument pas prêt à lire le texte que j'avais terminé samedi, après avoir quitté Anna et sa mère. Je suis devenu tout rouge, alors que je n'avais même pas commencé ma lecture.

– Moi, moi d'abord, s'il vous plaît, m'dame ! est intervenu Chavdar en agitant son bras de géant loin devant lui.

Je l'ai regardé d'un air interloqué. J'avais du mal à croire qu'il se soit prêté au jeu de l'écriture. Lorsque notre professeure de français nous avait donné la consigne, il avait pouffé de rire, disant que la poésie, c'était pour les bébés.

Mais, grâce à lui, Mme Cantonais a détourné son attention de moi.

– Alors ça ! s'est-elle exclamée, il faudra le noter dans les annales du lycée.

À cet instant, je me suis promis d'offrir tous mes desserts de la semaine à mon ami bulgare. D'autant plus qu'il semblait être le seul élève du lycée à apprécier leur plasticité.

– Ouais, mais par contreu, j'ai fait queu deux couplets parce queu je débute ! a-t-il dit de son accent chantant.

– On appelle ça des strophes, l'a repris la professeure. Vas-y, nous t'écoutons, a-t-elle ajouté en lui désignant le tableau.

Sans se faire attendre, Chavdar s'est levé bruyamment en renversant sa table que je suis parvenu à retenir de justesse. D'un bond, il s'est placé sur la petite estrade, qui a fortement gémi sous ses quatre-vingt-dix kilos. Détendu et sûr de lui, il a collé sa feuille toute chiffonnée sous son nez et il s'est mis à déclamer.

Sur mes hierca d'élierco
Sur la tésan vérenue
Sur le queris padisru
J'écris mon nom

Sur la lisotude nue
Sur les srums de mon nuinen
Et sur le linmou des bréom
J'écris mon nom

Chavdar leu Bulgare !

«Yo ! » a-t-il terminé en levant les bras, devant une classe complètement hilare.

– Es-tu certain que cela soit exactement ce que j'attendais de toi ? lui a demandé Mme Cantonais après avoir rétabli le calme.

– Bah oui ! s'est-il justifié. Vous avez dit qu'on devait écrire uneu poème en s'inspirant de celui de Patrick Luard ou comment qu'il s'appelle déjà… Alors c'est ce queu j'ai fait. J'ai gardé ses mots et j'ai justeu mélangé les syllabes pour faire uneu poème en verlan à la Chavdar !

La sonnerie de l'intercours a couvert la réponse de notre professeure. Les élèves se sont aussitôt levés, ramassant leurs affaires et continuant de rire bruyamment du « numéro du Zéana ».

– Je te signale que celui dont tu te moques a un nom, a lancé Anna à Benoît, un grand blond à lunettes.

– Oh, ça va ! C'était pas méchant, et puis c'est vrai, quoi, ton Bulgare, c'est bien un Zéana, comme les quatre autres, lui a-t-il lancé en me regardant.

– Mais toi, ça te plairait qu'on te désigne par le mot « péséiste » tout simplement parce que tu passes ton temps à jouer à la PlayStation ?

– C'est bon, maintenant, arrête ta crise d'ado ! C'est pas parce que tu t'es découvert une passion pour la défense des demeurés que tu dois te croire supérieure à tout le monde.

– Mais tu ne comprends vraiment rien, lui a lancé Anna. C'est plutôt toi le demeuré, dans l'histoire. Tu me fais pitié ! Retourne donc jouer à ta PS4, abruti !

D'un pas décidé, elle a poursuivi son chemin vers les casiers, se faufilant dans la foule des lycéens curieux que la scène avait régalés.

J'ai tenté de la suivre, mais je me suis rapidement fait

rattraper par Chavdar qui volait littéralement vers Anna. Ses immenses bras formant comme des ailes désarticulées autour de son corps de géant.

– C'est trop cool ceu queu tu as dit au binochard, l'a-t-il complimentée, tout essoufflé, tandis que Marvin, Tezel et Jae-Hwa nous rejoignaient.

– Binoclard, Chavdar, on dit binoclard, l'a-t-elle gentiment repris.

– C'est pareil ! Pas vrai, Luca, qu'elle a été géniale ?

– Elle ne l'a pas été. Elle l'est, lui ai-je répondu, dans un français étonnamment fluide et maîtrisé.

– Bon, pour fêter ma première poème et la victoire des Zéanas sur le binochard, je vous invite chez moi après les cours. Ça vous dit ?

Tout le monde a acquiescé, sauf Tezel qui n'avait pas compris.

– C'est où, chez moi ? a-t-elle demandé.

Nous sommes restés silencieux quelques instants.

Aucun de nous six ne connaissait la réponse.

Sur un air de kaval

La famille Komandarev habitait le numéro 4 de la rue Edmond-Valentin, perpendiculaire à celle de l'ambassade de Bulgarie, devant laquelle nous étions arrêtés. Le drapeau blanc, vert, rouge et le panneau vantant les beautés de la ville de Nessebar ne laissaient guère de doute. Chavdar nous l'avait montrée d'un geste nonchalant.

– Voilà, c'est le bureau de papa.

À lui seul, son « bureau » faisait la taille de notre immeuble, mais à part ça, tout allait bien.

Leur appartement était de type haussmannien, m'expliquerait plus tard tati. Avec sa hauteur sous plafond, son parquet, ses moulures et sa cheminée, il semblait très parisien, mais cette impression était contredite dès le premier regard par l'aménagement intérieur. Typiquement bulgare. La cheminée et les meubles étaient chargés d'objets décoratifs faits à base de bois, d'argile, de laine, de soie, de cuivre ou d'argent. Les tables, les murs et le sol étaient couverts de broderies aux dessins géométriques variés, de couvertures et de tapis de laine aux couleurs vives et chaudes. À cela s'ajoutaient, là où il y avait encore de la place, des céramiques peintes, des poupées en costume national ou des icônes orthodoxes. Je retrouvais quelques points communs avec les traditions de mon pays. Le « fameux style sobre et éthéré » de nos logements.

Et les deux chats installés sur le canapé recouvert de napperons blancs achevaient le portrait en accéléré de la Bulgarie. En quatrième, j'avais passé quatre jours à Veliko Tarnovo avec ma classe. L'ancienne capitale du pays, connue pour sa forteresse et sa rivière, la Yantra, nous avait surtout plu pour sa population féline. Petits, gros, tigrés, gris, blancs, perchés sur les palissades ou tapis sous les voitures, les minets étaient partout et semblaient plus nombreux que leurs habitants.

– Lui, c'est Kashkaval, et l'autreu s'appelle Tchouchki. Ça veut dire « gruyère » et « poivron » en bulgare.

Jae-Hwa s'est précipitée vers Tchouchki en poussant des petits cris de joie. J'étais soulagé de voir que des chats parvenaient à la détourner de son maquillage ou de son Rubik's Cube. C'était rassurant pour l'avenir de l'humanité.

Anna aussi paraissait avoir un faible pour les félins, car elle se trouvait déjà auprès de Kashkaval.

– Fais gaffe ! s'est exclamé Chavdar d'un air paniqué en courant vers elle.

Affolée, notre amie française s'est brusquement écartée du gros matou blanc.

– Pourquoi ? Il est violent ? lui a-t-elle demandé.

– Pas directeument, mais ce qu'il fait peut parfois êtreu très violent. Y en a qui ne s'en sont jamais remis.

Le chat de Chav' n'avait pourtant pas un air de serial killer, au contraire, c'était une grosse boule de poils blancs dotée de deux yeux bleus, presque transparents, qui auraient fait fondre la plus épaisse des banquises. Malgré tout, j'ai préféré reculer de quelques pas, tandis que Marvin et Tezel s'intéressaient aux drôles d'objets posés sur le buffet au fond du salon.

– Il fait quoi ? a voulu savoir Jae-Hwa.

– Bah… Il a des gaz, a annoncé Chavdar d'un ton grave. Mais ce sont des gaz super puissants. À vous terrasser sur la place. Et quand il seu détend, il en a encore plus.

C'est alors qu'un son pareil à celui d'une cornemuse a tout à coup retenti dans la pièce. Je m'apprêtais à m'arrêter de respirer pendant quelques minutes, le temps que le gaz de Kashkaval s'évapore, quand j'ai vu Marvin tenant dans ses bras une *gajda*, un instrument à vent bulgare. Le chat n'y était donc pour rien.

Chavdar était déjà à l'autre bout de la pièce. Le voyant s'approcher de lui d'un pas déterminé, voire menaçant, Marvin a prudemment reposé la cornemuse. Tezel quant à elle manipulait quelque chose qui ressemblait à un long tuyau percé de trous.

– Si tu cherches leu bec, y en a pas, lui a dit Chav'.

– Je sais. Ça, flûte *kaval.* Moi, connaître. Moi, Turque comme flûte, lui a-t-elle répondu d'une voix ferme avant de placer l'embout de l'instrument entre ses lèvres.

– Pas turqueu, la flûte, mais bulgareu, comme moi ! s'est immédiatement enflammé Chavdar en imitant le parler saccadé de Tezel.

– Vous battez pas ! Ce type dé flûte vient dé la région Thrace qui réunit la Bulgarie, la Turquie et la Grèce, donc...

Mais je n'ai pas eu le temps de terminer qu'un son léger et délicat s'est échappé des huit trous de ce drôle de long tuyau. Une musique à la fois forte et fragile invitant ceux qui l'écoutaient au silence. Mes doigts me démangeaient. J'aurais aimé avoir mon violon avec moi pour les laisser s'exprimer sur les cordes. La justesse des notes et la dextérité des doigts de la musicienne me fascinaient. Je l'enviais presque.

Et je n'étais pas le seul à être envoûté par cette musique. Chavdar s'est emparé de sa *gajda* et s'est glissé au milieu des accords harmonieux de la *kaval*, s'efforçant de ne pas souffler trop fort, pour ne pas étouffer le son de la flûte oblique. Marvin s'est mis aux percussions en frappant rythmiquement sur un *tapan*, une sorte de grosse caisse. Jae-Hwa et Anna ont improvisé une danse des Balkans. Et moi, j'ai fermé les yeux, imaginant que mon menton reposait sur la mentonnière de mon Gliga et que ma main droite tenait mon archet, me mêlant aux accords de mes amis, me faisant musique.

Pendant ce temps, Kashkaval se détendait sur le canapé.

À la fin de notre interlude musical, les notes mélodieuses ont fait place aux rires et aux petits cris de joie que notre groupe n'arrivait plus à contenir.

La musique peut rendre euphorique. Je le savais depuis longtemps, mais, quand elle est partagée, ce sentiment de bien-être est un milliard de fois plus fort.

– Mais comment tu fais pour souffler dans cette flûte ? Ça doit être super dur, il n'y a même pas dé bec, ai-je demandé à Tezel.

Après quelques secondes durant lesquelles j'ai cru qu'il faudrait que je reformule ma question, mon amie de Turquie m'a répondu d'une voix posée, comme s'il s'agissait d'une évidence.

– Pas dur, très facile. Parce que nos lèvres sont les plages et nous, la mer*, a dit Attâr de Nishapur.

* Citation extraite d'un poème d'Attâr de Nishapur (poète persan du XIIe siècle) : *« Ayant bu des mers entières, nous restons tout étonnés / que nos lèvres soient encore aussi sèches que des plages, / et toujours cherchons la mer pour les y tremper sans voir / que nos lèvres sont les plages et que nous sommes la mer. »*

Principe d'identité

Après notre improvisation musicale et ce grand moment de solitude durant lequel chacun avait tenté de comprendre le vers d'Attâr de Nishapur, Chavdar nous a montré sa chambre. Proportionnellement à la taille de notre ami, elle paraissait dix fois trop petite. Se situant sous les combles, elle l'obligeait à se déplacer les genoux quasi pliés sur presque toute sa surface. Je l'imaginais le matin, se réveillant et se cognant systématiquement au plafond incliné.

– Quand mon parent ont choisi cet appartement, jeu n'étais pas aussi grand. J'ai pris quinze centimètres en un été. Ils ne pouvaient pas pleuvoir, s'est pratiquement justifié notre ami.

– « Prévoir », Chavdar, pas « pleuvoir », l'a corrigé Anna en lui souriant.

Il s'en sortait plutôt bien, me suis-je dit en repensant au salon-chambre que mon père et moi devions partager. Au-delà de ce problème de proportions, les murs et les combles tapissés de photos de chanteurs de rap et de footballeurs étaient un bon indicateur des passions de Chavdar.

– Tous bulgares, les meilleureus ! a-t-il quasiment crié en pointant un doigt sur 100 kila, un rappeur de son pays dont le nom signifiait « 100 kilos », puis sur l'équipe de Ludogorets, un club de foot de Bulgarie.

Marvin a laissé échapper un petit rire moqueur, et Chavdar a démarré au quart de tour.

– Vas-y, moqueu-toi ! C'est quand même bien eux qui vienneu deu battre le PSG au Parc des Princes ! Et puis nos joueurs, au moins, ils jouent pour la plaisir et pas pour l'argent comme certains footballeurs anglais !

C'était donc définitif, Chavdar était bulgare. Et chauvin, qui plus est.

– Et ça, quoi ? a demandé Tezel pour détendre l'atmosphère.

– Toi, pas toucher ! C'est un masque de *kuker*. Au printemps, dans mon pays, les hommes le mettent lors d'une fête pesciale. C'est pour chasser les mauvais esprits.

L'aspect horrifiant de cet étrange déguisement tout en poils et cornes semblait légèrement rebuter mes amies.

– Et si tu nous offrais à boire ? a lancé Anna, craignant peut-être que Chavdar ne nous fasse une démonstration.

– D'accord, suivez-moi, mais faiteu gaffe avant de fermer, faut pas queu Kashkaval reste enfermé dans ma chambre, sinon, je suis encore bon pour dormir dans le salon.

Notre petite bande s'est empressée de quitter les lieux. C'est moi qui ai dû me charger d'extirper le gros matou caché sous le lit, car même Anna n'osait plus s'en approcher, de peur qu'il ne se détende un peu trop.

Dans la cuisine tout aussi dentellisée que le salon, Chavdar nous a servi des *palachinki*. Dès la première bouchée, elles m'ont paru être une pâle copie des *clatite* qu'aimait me cuisiner mon père à Bucarest. Mais j'ai préféré ne rien dire, craignant de vexer notre hôte. Nous n'allions quand même pas nous fâcher pour savoir lesquelles, des crêpes roumaines ou des bulgares, étaient les meilleures.

– Ils sont pas délicieux, les desserts deu ma mère ? nous a-t-il demandé la bouche remplie de deux ou trois *palachinki* au Nutella et à la confiture.

D'un hochement de tête synchronisé, nous avons tous vigoureusement approuvé et tenté de faire évoluer la discussion vers un sujet non bulgare.

Peu à peu, les conversations se sont démultipliées. Accroupie à l'asiatique, Jae-Hwa donnait un cours de coiffure à Tezel, laquelle regardait les mains de son amie, car elle pensait qu'elle lui parlait de manucure ; Marvin et Chavdar procédaient à un classement des meilleurs clubs de foot européens, mais sans l'Angleterre ni la Bulgarie, afin de ménager les susceptibilités, et Anna et moi reparlions des parents de sa mère.

– Mais en dehors des coupures de journaux, as-tu trouvé son ancienne carte d'identité ? lui ai-je demandé à voix basse pour ne pas que les autres entendent.

– Oui, je l'ai. Mais, Luca, je ne sais pas si je dois te

dire son nom de jeune fille. J'ai peur de ce que notre recherche peut donner. Et puis, pourquoi tu m'aiderais ?

J'aurais voulu lui répondre que pour elle je serais prêt à faire dix fois le tour de la Maison du peuple* de Bucarest, sur un pied et les yeux bandés, mais Chavdar ne m'en a pas laissé le temps.

– Deu quelle reucherche vous parlez ?

Jae-Hwa et Tezel se sont tus. Nous avions maintenant quatre paires d'yeux braqués sur nous.

– Si ta mère a perdu sa carte d'identité, elle peut aller à la mairie. Ils lui en feront uneu nouvelle. C'est super simpleu pour elle. C'est pas comme si elle était bulgare ou roumaine ! a ajouté Chav' en éclatant de rire.

J'ai alors vu la gorge d'Anna se couvrir de plaques rouges. J'avais déjà remarqué que ses émotions s'exprimaient ainsi quand elle était interrogée en classe sur un sujet qu'elle ne maîtrisait pas. Un peu comme moi quand je mélangeais le féminin et le masculin des noms français. Ce transfert physique des pleins et des déliés de la vie était très joli à voir.

– Si, justement. Ma mère… elle… Elle est roumaine, a-t-elle répondu d'une voix émue.

Plus personne n'a rien osé dire durant de longues minutes.

Puis Anna a expliqué ce qu'elle m'avait confié samedi. J'ai enchaîné en leur parlant de mon idée.

* La Maison du peuple de Bucarest est le plus grand bâtiment du monde après le Pentagone.

– Mais bienne sûr ! Luca rétrouver grands-parents à tôa, à Bucarest, s'est exclamée Jae-Hwa, visiblement heureuse d'être au cœur d'une histoire s'annonçant croustillante.

– Oui, mais je n'ose pas faire ça à ma mère. Elle semble tellement ne plus vouloir entendre parler de la Roumanie. Quand, à la radio, des journalistes commentent un film roumain, elle éteint même le poste !

– Oui, mais c'est mieux de savoir d'où nous venir. Important. Très important, a ajouté Tezel.

– Tu vois, Anna, tout le monde dit la même chose, ai-je renchéri. Et moi, cela me fait plaisir de t'aider.

– Mais ça me gêne. Pourquoi tu ferais ça ?

Le moment n'était pas idéal pour que je lui donne la véritable raison.

– Si tu veux, pour qu'on soit quittes, tu me donneras des courses de français. Échange de bons procédés, lui ai-je dit en souriant.

– D'accord, cela me paraît très bien ! m'a-t-elle répondu, visiblement soulagée.

Chavdar, Marvin, Tezel et Jae-Hwa se sont alors mis à applaudir comme si nous venions d'unir nos vies devant un prêtre.

– *So, now*, tu nous le dis, *the last name* de ta mère ? s'est impatienté Marvin.

Anna est allée chercher son sac à dos où se trouvait l'identité de sa mère.

– Luca, lis son nom, j'ai peur de l'écorcher, m'a-t-elle demandé en me tendant le petit carton rectangulaire.

Chavdar était dans mon dos, Anna et Jae-Hwa à ma gauche, Marvin et Tezel à ma droite. Je me voyais brusquement chargé d'une énorme responsabilité.

– Ta mère s'appelle… Cristina Elena Tatiana Silistrarou.

Nous sommes restés silencieux un certain moment, les yeux fixés sur ce nom roumain.

– J'ai aussi trouvé ça, a repris Anna en sortant un carnet à la couverture marron usée, ornée d'un mot écrit maladroitement au stylo rouge : *« Jurnal. »* C'est l'écriture de ma mère. Luca, prends-le, s'il te plaît. Tu le liras pour moi.

J'ai saisi le cahier vieilli par les années et je l'ai ouvert.

Vendredi 19 juin 1987

Elle n'y est plus. Elle a disparu, l'église Saint-Vendredi. Une de plus... Je descendais l'avenue Călăraşi pour aller voir L. et, une fois arrivée sur la place, je ne l'ai pas trouvée. J'ai regardé autour de moi, au cas où elle se serait déplacée à droite, ou à gauche. J'ai même cru un bref instant qu'elle jouait à cache-cache (un jour, mon imagination me perdra, me dit souvent maman) et qu'elle allait finir par réapparaître pour reprendre son emplacement habituel, comme si de rien n'était. Mais non... Je suis restée un long moment à regarder la terre jaune fraîchement battue où, à la place de la petite église, stationnaient désormais des Dacia colorées J'ai cherché du regard des passants dont le visage exprimerait surprise, panique, indignation, incrédulité... tous ces sentiments que j'éprouvais à ce moment-là. Mais ils avançaient tranquillement, impassibles, imperturbables. À la maison, j'ai questionné mes parents sur la disparition brutale de l'église. Ils m'ont répondu calmement, comme si je leur parlais de la boîte de biscuits qui n'était plus dans la vitrine de la pâtisserie du coin de la rue : « C'est vrai, elle n'y est plus. » Sauf que, contrairement aux gâteaux qui avaient été remplacés par des petits pois en conserve, l'église, elle, ne sera jamais remplacée.

Comme ne seront jamais remplacés l'hôpital Brâncovenesc (dont tout pays normal aurait pourtant dû être si fier), l'Institut médico-légal, l'église Saint-Jean, la Halle de l'Union… Ils les ont démolis, déplacés ou transformés au nom du « progrès ». Et rien ne pourra les arrêter. Si le progrès, c'est de vivre dans le froid, l'obscurité et les blocs de béton, je crois que je préfère ne pas le voir.

Dimanche 13 décembre 1987

Comme je n'arrive plus à faire mes exercices de maths, j'en ai commencé d'autres, des « physiques ».

Sept degrés dans l'appartement. C'est plus possible.

Dimanche, malgré le bonnet, les deux pulls, les trois écharpes, les chaussettes tricotées par maman, le duvet et les deux couvertures, je ne pouvais ni dormir ni rien faire d'autre, alors je me suis relevée et j'ai commencé des pompes. Au début, ça ne marchait pas, j'étais trop habillée. J'ai retiré deux écharpes et un pull. Ça m'a aidée, j'étais plus mobile. 26, 27, 28, 29, 30, 31, 32. Mes efforts ont commencé à payer. Je fatiguais, mais je me réchauffais aussi. J'ai alors compliqué un peu les choses : maintenant, quand je me trouve au milieu du mouvement, le nez au ras du sol, je pousse énergiquement vers le haut pour taper dans mes mains, puis je les repositionne à plat au sol. Et j'essaie d'aller de plus en plus vite. C'est distrayant, entraînant, et surtout ça procure une sensation de très grande chaleur, voire de brûlure. Je me réchauffe de l'intérieur et de l'extérieur. Je crois que je suis devenue experte en techniques de survie polaire. Tout à l'heure, j'ai fait dix séries comme ça.

Après être allée chercher un verre d'eau, je me suis arrêtée devant la fenêtre du salon : tout le quartier était plongé dans l'obscurité. À travers certaines vitres, je voyais trembler de vagues formes jaunes. Des bougies, des lampes à pétrole ou peut-être le feu des poêles.

De retour dans ma chambre, j'ai rallumé ma bougie et repris les pompes. J'ai fini par m'endormir d'épuisement. À mon réveil, le courant était revenu.

Jeudi 14 janvier 1988

À quoi reconnaît-on les cahiers des écoliers roumains ? Leurs pages sont couvertes de taches de cire des bougies, qui, tout comme les cahiers, le stylo, l'équerre et la règle, sont devenues les fournitures scolaires obligatoires de notre époque.

Leçon de mécanique

La journée qui s'achevait serait assurément à mettre dans la catégorie de celles à oublier le plus vite possible.

Il y avait d'abord eu mes deux notes en dessous de la moyenne.

En français, l'exposé que Chavdar et moi avions préparé n'avait pas plu à Mme Cantonais. Nous devions reformuler l'histoire de Candide à la première personne. Mais il m'avait été très difficile de me mettre à la place du personnage principal, dont la naïveté et la passivité avaient fini par m'exaspérer. Il hésitait tout le temps et avait toujours besoin du conseil de quelqu'un. Mes arguments n'étaient donc pas du tout convaincants, car j'étais moi-même peu convaincu par ce texte, ma prononciation laissait fort à désirer, et Chavdar, chargé d'écrire au tableau les mots-clés de notre exposé, ne m'avait pas franchement aidé. Le nom de l'auteur de ce « kont » était devenu « Voltére », le protagoniste avait un « métre » dénommé « Sans gosse » et une amoureuse qui s'appelait

« Kuné gronde », etc. Il avait bien tenté de relever le niveau avec une conclusion qui ferait date dans les analyses voltairiennes :

– Car, commeu leu dit le célèbre proverbe bulgare, après uneu grande et difficile montée, il y a toujours uneu grande et facile descente.

Mais le verdict de notre professeure de français avait été sans appel : consigne non respectée et conclusion hors sujet.

Je pensais que j'allais me rattraper en sport, où nous devions être évalués en tennis de table, mais, à la dernière minute, notre professeur avait décidé que ce serait une épreuve de badminton. Je n'avais jamais pratiqué ce sport à Bucarest, et les quatre heures que j'avais faites au lycée Saint-Exupéry ne m'avaient pas vraiment permis de le maîtriser. Malgré toute la force que j'y mettais, je n'arrivais jamais à frapper le volant avec ma raquette. Je m'épuisais pour rien et suscitais pas mal de moqueries de la part de mes camarades. Benoît en tête.

– Hé, les mecs ! Le seul sport que les Roumains connaissent, c'est ça, a-t-il dit en tendant la main. « S'il vouuus plaît, môssieur, une p'tite pièce, s'il vouuus plaît ! », a-t-il ajouté, encouragé par ses copains qui se tordaient littéralement de rire.

Je suis rentré d'humeur maussade. Mon moral n'était pas seulement influencé par les incidents scolaires de ma journée. Depuis plusieurs jours, je réfléchissais à la manière de découvrir l'adresse des grands-parents d'Anna, et je me rendais compte que cela n'allait pas être aussi simple que je l'avais cru. Je ne pouvais pas entamer mes recherches depuis Paris, et Internet ne m'aiderait pas beaucoup. La Roumanie n'avait pas de Pages jaunes ou blanches en ligne. Je craignais de m'être emballé un peu trop vite.

Mon père a tout de suite vu que quelque chose n'allait pas.

– Qu'est-ce qui se passe, Loulou ? T'as l'air tout tourneboulé…

– Il se passe rien, c'est juste que ma journée a été un peu mauvaise, lui ai-je répondu d'une voix tremblante.

Tati a repoussé ses mots croisés sur la table de la cuisine et m'a regardé longuement. Il m'était toujours difficile de lui cacher mes émotions. Il me perçait à jour chaque fois, et appuyait là où ça faisait mal.

– Allez, dis-moi tout, Loulou, m'a-t-il encouragé d'une voix qui me renvoyait aussitôt à cet âge où ses bras pouvaient encore me faire voler et tout oublier.

J'ai commencé par lui raconter l'heure catastrophique de français, puis le cours d'EPS tout aussi traumatisant.

– Mais c'est pas grave, tout ça ! s'est exclamé papa. Candide s'en remettra, et tes camarades comprendront un jour leur bêtise. Tu ne peux pas changer les gens, Luca. Le meilleur des mondes possibles n'existe pas. Tu l'as bien vu dans le conte de Voltaire ? Eh bien, c'est pareil dans la vraie vie !

Je le savais, et depuis longtemps, mais, aujourd'hui plus

qu'avant, cette idée me mettait dans tous mes états. Le visage de mes deux « An(n)a » m'est apparu, avec mon père et mes amis Zéanas en arrière-plan. Je n'avais pas pu donner à ma mère une vie où les bonheurs deviendaient plus que des possibles, mais peut-être que j'aurais les moyens d'apporter à Anna ce qui la rendrait heureuse.

– Je ne te dis pas que le monde est horrible et qu'il n'y a rien à en attendre, mais il repose sur un couple indissociable : le bonheur et le malheur. Les deux sont profondément liés. C'est quasi mécanique, comme la manivelle en forme de croix qu'on utilise pour changer une roue de voiture, il faut pousser vers le bas, puis vers le haut. Ces deux gestes opposés sont indispensables au bon fonctionnement de la voiture. Et c'est pareil dans la vie. Regarde, c'est parce que tu as eu une mauvaise journée que tu apprécies encore plus ton retour à la maison, où il n'y a plus ni peurs ni sentiments d'injustice, seulement de l'écoute, de l'amour et du Nutella, a-t-il terminé en me tendant une grosse tartine.

La mécanique du bonheur expliquée par mon père semblait brusquement donner un sens à tout ce que j'avais vécu ces derniers temps. Discrètement, elle me redonnait confiance dans la vie, dans la mienne mais aussi dans celle des autres.

Sa main dans mes cheveux m'a fait redresser la tête. La lueur dans ses yeux noirs et son sourire bienveillant formaient l'opposé apaisant des heures qui avaient précédé cet instant.

– Bon, c'est pas tout ça, mais les patates ne vont pas s'éplucher toutes seules, a-t-il ajouté pour meubler le silence que ses mots avaient entraîné.

Les pommes de terre devraient attendre. C'était le moment de lui parler de la promesse que j'avais faite à Anna. Je lui ai alors raconté ma visite chez elle, ma rencontre avec sa mère, Cristina, qui avait quitté la Roumanie en 1989 et refusait de parler de ses origines à sa fille. Par contre, je n'ai pas mentionné son journal intime. Je me sentais gêné de le lire, même si c'était Anna qui me l'avait demandé. J'avais l'impression d'entrer dans l'intimité de sa mère sans en avoir le droit. Et, en même temps, je ne parvenais pas à le lâcher. Je le lisais chaque soir, par petits bouts, avec passion, comme un roman… Le roman de la Roumanie.

Et l'idée que j'y découvrirais peut-être une info me permettant de retrouver la famille de mon amie me donnait moins mauvaise conscience.

– Et donc, tu as pensé que je pourrais te trouver l'adresse, le téléphone et peut-être même le mail de ses grands-parents ? Comme ça, d'un coup de baguette magique ? m'a gentiment sermonné papa quand j'ai eu fini mon récit.

Il me fixait d'un air à la fois contrarié et embêté.

– Car bien sûr tu n'as surtout pas envie d'annoncer à Anna qu'au final tu ne sais absolument pas comment l'aider…

Les yeux baissés sur les motifs de la toile cirée, je continuais à ne rien dire.

– Alors on n'a pas le choix.

J'ai relevé la tête d'un air perplexe.

– Eh bien oui, il faut qu'on les retrouve, ces fichus grands-parents roumains ! a-t-il conclu en me souriant.

– Mais de quelle manière ? J'ai tourné le problème dans tous les sens... Je ne vois pas comment faire d'ici, lui ai-je répondu en soupirant.

– Giuseppe Verdi ! s'est exclamé mon père.

Je ne comprenais pas ce que le compositeur italien venait faire dans cette histoire.

Mon père commençait-il à perdre la tête ?

Le prix de la vie

Non, Paris n'avait pas rendu mon père totalement fou. Les près de deux mille quatre cents kilomètres qui me séparaient de mon pays m'avaient tout simplement fait oublier qu'il avait pris l'habitude de surnommer M. Comănescu Giuseppe Verdi, du nom de la rue où il habitait. La mention de mon professeur de violon m'a rappelé notre visite au Cimetière joyeux de Săpânţa, dans le nord de la Roumanie, où des croix mortuaires peintes de couleurs vives racontent la vie des défunts. Les personnes enterrées y sont mises en scène par le biais de l'activité qui a donné un sens à leur existence : jouer de la musique, garder des troupeaux, cuisiner, prier… Il arrive aussi que l'illustration représente la façon dont la personne est morte, dans un accident de voiture, par exemple. Et des épitaphes souvent drôles, composées de leur vivant par les défunts, ou par leurs proches, sont inscrites sur les tombes. Mon père et moi avions réfléchi aux nôtres et à celles des personnes que nous connaissions.

Je me souvenais de ce que nous avions imaginé pour M. Comănescu :

« Il voulait devenir Giuseppe Verdi
Alors tout petit il s'était promis
D'habiter la rue Verdi
Pour que le nom de celui-ci
À côté du sien soit toujours écrit. »

Je me souvenais aussi que ma mère s'était éloignée vers la sortie tandis que tati et moi riions de nos bêtises.

– Et maman, tu sais ce qu'elle écrirait sur sa propre stèle ? avais-je demandé à mon père.

Papa était resté silencieux quelques minutes.

– Pour certaines personnes, le Cimetière joyeux ne convient pas, avait-il fini par me répondre.

Tati était toujours doux et patient avec elle, et ce qu'il venait d'affirmer m'avait semblé terriblement dur. À présent, je comprenais mieux ce qu'il avait voulu me dire entre les tombes bariolées de Petru, le facteur, et de Ioana, la tisseuse. Si ma mère avait dû rédiger son épitaphe, celle-ci aurait été à l'opposé de l'atmosphère voulue légère de ce cimetière. Et on ne pouvait pas non plus la forcer à écrire un poème rieur.

On ne pouvait obliger quiconque à sourire.

– Tu m'écoutes, Loulou ?

Emporté par mes souvenirs, je n'avais pas entendu mon père m'expliquer les détails de son plan.

– Donc, je disais qu'on allait demander à Ion Comănescu de se rendre à l'adresse figurant sur la carte d'identité de la maman de ta petite amie.

J'ai aussitôt piqué un fard.

– « Petite amie » ? Ce n'est pas ma petite amie, c'est juste une camarade de classe, une copine, une…

– Une amie qui compte, m'a-t-il gentiment coupé.

Je me suis retenu de poursuivre. La question n'était pas de savoir qui était Anna pour moi, mais de trouver sa famille de Roumanie.

– Ton plan n'est pas un peu rocambolesque ? ai-je demandé à mon père.

– Si tu as une autre idée, n'hésite pas ! m'a-t-il répondu en se levant de table.

– Et pourquoi M. Comănescu accepterait-il de faire cela pour nous ?

– Hé hé ! Simple échange de bons procédés, a-t-il avancé d'un ton joueur.

– Comment ça ? Ne me dis pas que tu as l'intention de lui remettre une enveloppe ?

– Non, sois sans crainte.

Il m'a alors expliqué qu'il y a douze ans, en tant que professeur-correcteur, il avait « facilité l'admission » de son fils au lycée Mihai Viteazul. C'était grâce à ce « petit service » que mon père avait pu m'obtenir des cours de violon. Et il avait fait la même chose avec les deux autres enfants et les cinq neveux de M. Comănescu. Donc, selon lui, il était temps de rééquilibrer l'échange.

Tout à coup, le sol s'est dérobé sous mes pieds. Je me sentais trompé par tati. Son image d'enseignant droit et honnête volait en éclats. Ma pratique du violon, les musiques que j'avais jouées, les partitions que j'avais apprises par cœur me semblaient brusquement salies. Mon père, mon professeur de violon, mes compositeurs préférés, Bach, Enescu, Beethoven, avaient eux-mêmes entretenu cette gangrène que l'on appelait poliment « corruption », et dont la Roumanie n'arrivait pas à guérir. Et, pire que tout, j'avais moi aussi contribué à ces agissements critiquables. Bien sûr, on était encore loin de la corruption pratiquée par les politiciens à la tête de la Roumanie, mais ce genre de procédés ne faisait que tirer notre société vers le bas.

Je ne comprenais décidément pas mon pays. C'était comme s'il avait deux visages : le premier avec son Cimetière joyeux, ses villages resplendissants, ses fleurs à tous les coins de rue, ses habitants à l'énergie, à la chaleur, à l'humour, à l'endurance communicatifs ; le second avec sa corruption qui s'infiltrait partout, du gouvernement aux écoles, en passant par les hôpitaux et les entreprises, et sa population aveugle, ou inconsciente, acceptant ou refusant de voir l'inacceptable.

Il y a un an, après l'incendie du Colectiv, une discothèque de Bucarest, dans lequel avaient péri soixante-cinq personnes, nous avions appris que les patrons de la boîte de nuit n'avaient jamais obtenu les autorisations pour l'ouvrir et qu'ils ne respectaient pas les normes de sécurité. La municipalité avait fermé les yeux en échange d'une grosse enveloppe de billets. La population, révoltée, était enfin sortie dans la rue, scandant le slogan « La corruption tue ! ». Tati et moi nous étions rendus plusieurs soirs d'affilée place de la Victoire, pour qu'une telle chose ne se reproduise plus jamais. Le Premier ministre avait été contraint de démissionner. Pourtant, à l'approche des élections législatives, les sondages montraient que les Roumains s'apprêtaient à réélire les personnes mêmes qu'ils avaient rejetées, des hommes politiques ayant été condamnés par la justice.

Et alors qu'il manifestait dans la rue en criant : « À bas la corruption ! », mon père finançait mes cours de violon d'une manière plus que douteuse. Illégale.

– Mais y a pas de mal, mon Loulou, a-t-il voulu me rassurer devant ma mine effarée.

Malheureusement si.

Quand la musique adoucit les mœurs

Au cours des trois semaines suivantes, le froid entre mon père et moi n'a fait que s'intensifier. Si je devais lui adresser la parole, j'utilisais le « papa » neutre et distant, au lieu du « tati » chaleureux et bienveillant. Contrairement à moi, il persistait à m'appeler Loulou et tentait de briser la glace en faisant ses petites plaisanteries ou taquineries habituelles, mais rien ne m'atteignait. Je restais de marbre, même quand il me proposait des parties de mots croisés à deux.

Avant que j'apprenne comment il avait payé mes cours de violon, nous pratiquions ce rituel chaque week-end. Papa photocopiait plusieurs grilles en deux exemplaires. Nous nous installions l'un en face de l'autre, la feuille retournée. « À nos stylos, prêts, bah… partons ! » lançait-il d'un ton espiègle. C'était à celui de nous deux qui remplirait le premier toutes les cases. Tati était très fort. Mais, à force d'entraînements, j'avais commencé à atteindre son niveau. Parmi les anecdotes qu'il m'avait rapportées sur sa vie au temps du régime communiste, il m'avait raconté avoir appris le français avec les mots croisés et les magazines de bandes dessinées que lui envoyait une tante installée en France. Les premiers glissés dans les secondes pour ne pas attirer l'attention des autorités roumaines. Chaque semaine, il pouvait ainsi assouvir sa passion des mots et lire *Rahan* et *Pif Gadget*, les seules revues qui réussissaient à franchir le mur communiste. À cette époque, tout le monde ne recevait pas ce genre de « courriers trésors ». Mon père était considéré comme un héros dans le quartier, il était celui qui apportait un brin de joie dans les rues grises de Bucarest, en cette période où très peu de choses de l'extérieur arrivaient en Roumanie. Déjà très bon en français, il traduisait à ses camarades les histoires de Pif et de l'homme préhistorique Rahan. Je l'imaginais assis en tailleur, entouré de garçons et de filles avides de récits provenant de France, un pays où les enfants n'étaient pas obligés de devenir des « Faucons de la patrie », puis des « pionniers », éduqués dans l'esprit des idées communistes, avec autour du cou l'indispensable foulard rouge leur rappelant leurs devoirs envers le pays.

Trois semaines après notre clash, je me surprenais à avoir ce genre de pensées, alors qu'une boule de colère me nouait l'estomac. Je savais que l'époque Ceaușescu avait fait naître la peur du manque et des privations. L'enfance de tati en pleine dictature communiste expliquait sans doute, en partie, son geste.

– Loulou, si je n'avais pas rendu ces services à Giuseppe

Verdi, tu ne serais pas là, avait-il ajouté le lendemain du jour où il m'avait fait sa révélation.

Sans les cours de violon de M. Comănescu, je n'aurais en effet jamais obtenu ma bourse d'études, et je ne pourrais même pas imaginer passer le concours d'entrée du conservatoire.

Mais désormais je voyais dans tout cela des faveurs illégitimes qui me révoltaient et me dégoûtaient. C'était comme si cette bourse, ces cours à Paris, je ne les méritais pas, et j'étais bien décidé à rétablir leur légitimité en travaillant davantage mon violon. Dès que j'avais un peu de temps libre, je jouais chez moi ou chez Chavdar.

Le lendemain de la dispute avec mon père, je m'étais livré à mes amis. Au début, je l'avais fait afin qu'Anna comprenne pourquoi je n'avançais pas dans « ma mission », mais, très vite, je m'étais rendu compte à quel point j'avais besoin de me confier et de parler des manœuvres de tati. Ils m'avaient simplement écouté et encouragé à continuer.

Raconter. Vider ma tête saturée de pensées négatives, de colère et d'autre chose aussi.

Le doute.

Car, au milieu de toutes les émotions qui me traversaient, mes certitudes commençaient à vaciller. Et mes camarades en avaient profité pour s'engouffrer dans la brèche.

– Mais ce qu'il a fait, c'est rien du tout réparé à ce qui se passe en Bulgarie ! En plus d'être le pays européen le plus pauvre, on est aussi le plus corrompu, et c'est pas pour autant que les enfants tirent la tranche à leurs parents ! s'est exclamé Chavdar, qui ne comprenait pas que je reste fâché contre mon père.

Si nous remarquions tous ses progrès importants en français, sur le plan de la prononciation notamment, nous constations aussi qu'il développait un autre problème : il confondait de plus en plus de mots. Parfois, c'était drôle, parfois, c'était assez gênant.

Ce soir-là, nous étions réunis chez lui. Dès que je n'avais pas cours avec M. Ostinato, j'allais répéter rue Edmond-Valentin. Dans cet environnement balkanique, je me sentais à l'abri. J'étais loin du registre classique que j'étudiais avec mon professeur, mais j'exerçais mes doigts, je travaillais le rythme et j'apprenais à écouter les notes des autres. Tezel m'accompagnait à la *kaval*, Chavdar à la *gajda*, Marvin à la grosse caisse, Anna s'essayait au chant polyphonique bulgare, et Jae-Hwa faisait des percussions avec son Rubik's Cube.

– Oui, mais c'est quand même un sorte de corruption. Mon père s'est sali les mains et il a sali les miennes en même temps !

– Mais, Luca, il n'a pas forcé ton professeur à te donner des cours ! Ils se sont juste mis d'accord. Tu ne peux pas dire que c'est de la corruption ! Et puis, est-ce qu'au moins tu sais pourquoi il a agi comme ça ? Pour qui crois-tu qu'il s'est « sali les mains », comme tu dis ? m'a demandé Anna, d'un ton exaspéré.

– Et qui prendre les risques pour que toi faire musique ? a ajouté Tezel, l'air renfrogné.

– Il a juste voulu te dônner un avenir plus heureux que sa vie à lui. Alôrs arrête d'être vénère contre ton reup. Moi je le trouve mégacool ! a renchéri Jae-Hwa, qui apprenait plus facilement le français à l'envers qu'à l'endroit.

Au moment où je m'apprêtais à leur répondre, Marvin a martelé sa caisse à la façon d'un roulement de tambour, avant de lancer d'un ton qui n'admettait aucune réplique :

– *Hey, Dude, nobody is perfect ! Be happy and smile !*

Puis Tezel a pris sa *kaval* pour jouer un morceau aussi doux que le sable des plages de son pays, et la voix déterminée d'Anna s'est posée dessus.

– C'est l'amour qui l'a poussé à faire cela. Juste l'amour.

Respiro

Écrasé dans le métro, pressé par la masse d'hommes et de femmes qui, comme moi, rentraient chez eux, je ressassais mes pensées, les positives comme les négatives. Dans les premières bourdonnaient les mots « amour », « dévouement », « affection » ; dans les secondes tambourinaient les termes « corruption », « délit », « inconscience ». Je les mettais en balance, les secouais, mélangeais les lettres, enlevais des consonnes, ajoutais des voyelles, jusqu'au moment où ma tête en avait été entièrement vidée. À leur place était entré *Le Carnaval des animaux* de Camille Saint-Saëns. Le lion, les poules et les coqs, l'éléphant, le kangourou et même le cygne étaient venus danser, jouer et fraterniser dans mes oreilles.

Lorsque j'ai ouvert la porte de notre appartement, je me sentais léger comme une plume. Mon père était assis sur le canapé, plongé dans les œuvres de Panaït Istrati.

– Bonjour, tati, l'ai-je devancé d'une voix joyeuse.

Il a aussitôt relevé la tête de son livre, les yeux ronds

de surprise. On aurait dit que la reine d'Angleterre venait de franchir le seuil de notre T1.

– T'as passé une bonne journée ? lui ai-je demandé en souriant timidement.

J'essayais de prendre un ton le plus naturel possible, mais les semaines d'hostilité passées avaient laissé des traces.

– Oui, et… toi ? a-t-il tenté avec prudence.

– Impec ! ai-je répondu, une gaieté un peu forcée dans la voix. J'ai été travailler mon violon chez Chavdar.

– Anna était avec vous ?

– Oui, Anna, Tezel, Jae-Hwa, Marvin… Pourquoi ?

– Tu pourras lui dire que l'adresse de ses grands-parents n'a pas changé.

Sur le moment, je n'ai pas su quoi répondre. Ma première pensée a été qu'il fallait que je *boutonne* un SMS à Anna. La deuxième, que cette trouvaille était le résultat d'agissements condamnables. La troisième, que l'amour peut parfois entraîner des comportements critiquables, mais que c'est tout de même de l'amour.

– … Et que j'ai aussi obtenu leur mail, a ajouté mon père.

La quatrième a pris la forme d'un mouvement irrépressible me portant vers lui. Cette nouvelle était fantastique et, en plus, elle me donnait la possibilité de le serrer dans mes bras, après cette longue période où je m'étais abstenu.

– Mais comment tu t'es débrouillé ? lui ai-je demandé, ma tête à la hauteur de la sienne.

Au cours de ces semaines où j'avais pris mes distances, j'avais gagné quelques centimètres, et à présent je le dépassais presque. J'avais l'étrange impression que tout s'accélérait dans ma vie et que je passais parfois à côté de choses essentielles.

– Un jeu d'enfants ! Tu te rappelles Monica ?

– Monica, notre voisine du dessus ?

– Oui.

– Monica, celle qui a le béguin pour toi ?

Après le départ de maman, la locataire de l'étage du dessus était devenue de plus en plus proche de papa. Au début, elle venait nous apporter de bons petits plats « cuisinés avec amour », puis de bons petits livres « qui font du bien au cœur », puis elle avait proposé à mon père qu'ils aillent voir des films dont le genre était facile à deviner. Tati avait accepté avec enthousiasme ses gestes, « amicaux », me précisait-il dès que j'insistais. Les premiers temps, j'avais pensé qu'il n'avait pas vraiment perçu l'intention réelle de Moni. Et, quand j'ai eu obtenu ma bourse, tout s'est passé très vite. On est partis sans que je sache si entre lui et Monica il y avait plus que des *sarmale** ou des *clatite* à la confiture de mûres.

Aujourd'hui, je découvrais qu'il y avait bien autre chose. Mon père était devenu aussi rouge que moi lorsque Mme Cantonais m'avait demandé de réciter ma *Liberté*.

* Plat traditionnel roumain : les *sarmale* (prononcer sarmalé) sont des feuilles de chou farcies.

– Oui… Enfin… je lui ai demandé d'aller chez les grands-parents de ta petite… d'Anna, en invoquant un quelconque motif. Elle a tout de suite accepté, mais finalement elle n'a pas eu besoin d'aller frapper à leur porte, car les noms des locataires sont inscrits sur les boîtes aux lettres.

Tati avait donc eu recours à ses talents de séducteur… Quitte à choisir, je préférais qu'il se serve de son sex-appeal plutôt que de son statut de correcteur d'examens.

– Et comment as-tu eu leur adresse mail ?

– Hé hé, a-t-il fait d'un ton de comploteur.

Ce « hé hé » laissait présager le pire.

– Monica a eu l'idée de glisser sous leur porte une enquête à renvoyer par mail. Ils ont répondu le soir même.

– Une enquête sur quoi ?

– Sur leur comportement écologiste.

– Et ils ont répondu le soir même ?

Les problématiques d'éducation, de corruption, d'économie, de santé étant beaucoup plus importantes aux yeux de la population (et pour cause), la Roumanie ne faisait pas partie des pays les plus écologistes. Je m'étonnais donc qu'ils aient complété cette étude, mais je ne connaissais pas les grands-parents d'Anna. Après tout, ils avaient peut-être une conscience écolo beaucoup plus développée que la moyenne.

– Oui, parce que le questionnaire indiquait que les cinq premiers qui répondraient recevraient un bon d'achat d'une valeur de 150 lei* valable au supermarché Kaufland.

Non, ils n'étaient pas plus écologistes que la moyenne des Roumains. Ils étaient juste économes.

– Mais je te connais. Tu vas encore me dire que mon comportement est inacceptable, qu'à cause de moi ces pauvres gens attendent un chèque-cadeau dont ils ne verront jamais la couleur. Mais ne t'inquiète pas, ce midi, Monica a déposé un bon dans leur boîte aux lettres. Je lui ai dit que je la rembourserai, mais elle ne veut pas. Elle préfère que je l'invite à dîner quand on rentrera, m'a-t-il expliqué, un peu gêné.

Je l'ai regardé fixement, l'air de dire « arrête de me raconter des bobards », mais mon père ne s'est pas laissé démonter.

– Quoi ? Ce n'est quand même pas ma faute si je lui plais... Et puis, ce n'est pas comme si ta mère était encore avec nous.

Une quinte de toux à s'en décrocher les poumons l'a empêché de poursuivre.

– Oh, cette fichue pollution parisienne ! est-il parvenu à dire, les yeux larmoyants.

Je suis allé lui chercher un verre d'eau. J'ai aussi pris mon violon pour lui jouer un air de Vivaldi.

Quelques notes de musique plus tard, tati avait récupéré

* L'équivalent d'une trentaine d'euros.

sa voix et son teint habituels, mais ses yeux gris semblaient encore plus gris que d'habitude.

Il n'y avait pas que l'air de la ville qui l'empêchait de respirer.

Dimanche 31 janvier 1988

Mes parents m'ont laissée aller aux 18 ans de Roxana ! Au début, ils n'étaient pas d'accord. Ils ne comprenaient pas pourquoi elle faisait une fête en soirée ! Pour les convaincre de m'autoriser à y aller, j'ai dit à plusieurs de mes amies de demander à leurs parents d'appeler les miens. Et mon plan a marché ! Au cours de conversations anodines sur les endroits où on peut trouver du Wiener Kaffee ou sur les derniers disques de groupes étrangers dénichés (Boney M, Abba, Ricchi e Poveri !), ils leur ont annoncé que leurs filles, elles, se rendraient à la fête de Roxana. (L. aussi voulait m'aider, mais je pense qu'il valait mieux pas que mes parents soient au courant qu'il venait.)*

Quand ils m'ont dit qu'ils étaient d'accord, j'ai sauté de joie, mais j'ai également très vite paniqué, car je ne savais absolument pas comment j'allais pouvoir me préparer. C'est tellement la galère quand on doit sortir. On n'a presque jamais d'eau chaude. Il faut avoir de la suite dans les idées… Le lavage des cheveux et le séchage, c'est tout un rituel, qui dépend notamment du débit de gaz de notre cuisinière. Mais maman a été adorable ! Elle m'a

* Durant les dernières années du régime communiste, le café naturel avait disparu du commerce, à cause de la limitation très stricte des importations. Le seul moyen d'en trouver était de recourir au marché noir.

chauffé plusieurs bassines d'eau qu'elle m'a versées doucement sur les cheveux. Après le shampoing, elle m'a frictionné la tête avec son peignoir et plusieurs serviettes. Et, enfin, elle m'a séché les cheveux en remuant des journaux (des numéros de La Flamme *!), et elle m'a même fait un brushing. Avant que je parte, elle m'a donné ses gants et deux bonnets en laine (le sien et celui de papa), car elle avait peur que chez Roxana il n'y ait pas non plus de chauffage. Quel look j'avais ! Personne n'aurait pu deviner que j'allais à une soirée d'anniversaire ! Et la surprise que j'ai eue en arrivant ! Dans la pièce où avait été improvisée la fête, il y avait un poêle à bois. Je me suis tout de suite installée à côté et je n'en ai pas décollé un seul instant ! Je n'ai pas regretté d'être arrivée parmi les premières, car tout le monde voulait une place près du Godin. C'était lui, la véritable star de la soirée.*

J'étais tellement bien, assise au chaud, que je me suis endormie, sans même avoir dansé avec L. !

Dimanche 24 juillet 1988

Je ne voulais pas les faire, je me suis même fâchée avec maman et papa, mais ils ont eu le dernier mot. Mon père m'a rappelé un milliard de fois que si, à la rentrée, je ne présentais pas l'attestation de l'Union des jeunesses communistes au lycée, j'aurais de gros problèmes. J'ai bien proposé qu'on l'obtienne d'une autre manière, mais ma mère m'a regardée d'un air furieux et j'ai préféré ne pas insister. En plus, de toute façon, on n'a pas l'argent suffisant. Donc, demain, je commence mes deux semaines de « travail patriotique », ou « travail volontaire », comme disent les parents, un bel oxymore, cette expression…

Samedi 30 juillet 1988

Plus qu'une semaine… Mais j'aurais pu tomber pire. L. est parti récolter des raisins à Valea Călugărească. Moi, je suis à la faculté de lettres et de langues étrangères… mais dans les toilettes. Avec trois autres filles, on récure, on nettoie pour que les étudiants débutent leur année dans de bonnes conditions. Papa dit que c'est bien pour moi, que « c'est un premier contact avec le monde universitaire » (ouais…), que « c'est pour le progrès du pays » (ouais…).

Et, à la rentrée, j'aurai droit à de nouvelles missions patriotiques (et volontaires !), dans l'agriculture, chaque samedi.

« Chers enfants, allez au verger / Ramasser les prunes foncées, rapportez des paniers pleins / Et demain, vous aurez de la confiture sur votre pain. »

De roc et de rose

À l'approche des fêtes de fin d'année, les rues de Créteil avaient sorti leurs décorations des grandes occasions. Le « vieux » centre de la ville proposait un marché de Noël où des bonshommes de neige souriaient aux passants d'un air figé. Je me demandais pourquoi on qualifiait de « vieux » ce quartier, car, de toute évidence, il n'avait rien gardé de son passé. Le centre historique de Bucarest, lui, avait conservé des pavés, des maisons ou des palais renvoyant à son histoire. Malgré les destructions massives ordonnées par le régime communiste, on trouvait encore, au détour d'une rue, une somptueuse bâtisse néobaroque du XIXe siècle. Certaines étaient bien sûr très abîmées, mais c'était ce contraste qui donnait à la ville tout son charme et toute son originalité. À Noël, des chalets colorés s'installaient place de l'Université. Lorsque nous y vivions, j'aimais y passer après l'école et m'acheter des biscuits à la cannelle, sentir l'odeur du vin chaud et écouter les *colinde** diffusées par les haut-parleurs

* Une *colindă* (*colinde*, au pluriel) est un chant de Noël.

pour lesquels la ville dépensait plus qu'il n'aurait fallu. Pendant que les autres élèves de notre classe étaient en option théâtre, nous étions dehors, en BAP : Balade Entre Potes, comme Chavdar avait baptisé notre promenade.

Mme Cantonais avait proposé l'enseignement facultatif à tout le monde. Mais aucun de nous six n'avait souhaité le suivre. Moi, par timidité ; Jae-Hwa, à cause de son entraînement intensif pour le prochain championnat du monde de Rubik's Cube ; Tezel, en raison de ses difficultés à comprendre les répliques de ses propres amis ; Marvin, par désintérêt total pour tout ce qui se déroulait entre les murs d'une école ; Anna, parce que, ce jour-là, elle n'était pas d'humeur ; et Chav', car il trouvait que le théâtre était inutile et ringard.

– À quoi ça me sévirait de parler comme Molière ? s'était-il défendu.

Cette activité était pour lui fortement liée au français, une matière qui l'ennuyait profondément.

– L'option théâtre ne sert pas à parler comme Molière. Elle vous permet surtout de vous exprimer pleinement et d'apprendre à gérer vos émotions.

– Moi, je m'opprime quand je veux ! Et mes équations, je les contrôle très bien tout seul, s'était-il énervé.

Son visage frôlant le cramoisi contredisait légèrement ce qu'il venait de dire. Mais Mme Cantonais avait préféré ne pas poursuivre, de peur de décupler son émoi évident.

– Tada ! ai-je crié d'un ton victorieux en brandissant

le bout de papier sur lequel mon père avait gribouillé le mail des grands-parents d'Anna.

Nous flânions dans les rues piétonnières du marché de Noël. Je me suis arrêté devant l'étal d'un vendeur de produits antillais, mais mes amis continuaient d'avancer au milieu des chalets colorés. Chavdar et Marvin savouraient quelques marshmallows grillés au brasero. Jae-Hwa était en admiration devant des produits cosmétiques à base de lait d'ânesse. Et Anna apprenait à Tezel à nommer ce qu'elles voyaient : pain d'épices, chocolats, gaufres, bijoux... Personne ne m'avait entendu.

– TADA ! ai-je lancé plus fort.

Cette fois, mes camarades ont délaissé leurs occupations et se sont brusquement retournés vers moi, me dévisageant d'un air paniqué. Les artisans et les badauds ont également cessé leurs activités. J'ai compris à leur expression que ma voix avait porté plus haut que je ne l'aurais voulu. J'avais toujours eu du mal à faire dans la demi-mesure. En musique, c'était d'ailleurs pareil quand je m'emportais sur un air de violon. Ostinato me disait que c'était là que je jouais le mieux. Mais cet état d'exaltation et cette sensation de ne plus pouvoir contrôler mon archet me déstabilisaient.

Chavdar a couru pour me rejoindre.

– Qu'est-ce qui se passe ? Ils t'ont tapé ? m'a-t-il demandé d'un air affolé.

Il scrutait les allées illuminées du marché, à la recherche d'un hypothétique agresseur.

Je commençais à bien connaître Chav', qui avait tendance à voir des ennemis antibulgares et antiroumains à tous les coins de rue. En admettant que notre nationalité se lise sur notre visage.

– Mais non, personne ne m'a tapé ! Je voulais simplement vous dire que… j'ai l'adresse mail des grands-parents d'Anna ! ai-je terminé en brandissant sous leur nez mon petit papier.

Anna et les Zéanas se sont brusquement mis à crier et à danser dans les allées du marché, comme si je tenais le billet gagnant du Loto entre mes mains. Même Marvin, que je n'avais vu se dépenser qu'une seule fois (un jour où il s'était baissé pour ramasser le stylo de sa voisine), sautillait mollement mais sûrement.

– Tu déchires, mec ! m'a lancé Chavdar d'un ton admiratif.

Anna m'a souri. J'ai lu du soulagement, de la reconnaissance, et autre chose aussi dans son sourire. Un peu de ce *iubire** que je n'osais encore nommer en aucune langue.

– Nous, écrire à grands-parents maintenant, a décrété Tezel d'un ton qui ne laissait place à aucune discussion.

Elle a sorti une feuille de son sac à dos et est allée s'installer à une table du troquet aménagé au centre du marché. Nous l'avons tous suivie. J'avais brusquement très chaud, alors que la température frôlait les zéro degré.

– Moi, écrire ce que toi dire à eux, a continué Tezel.

* Mot roumain signifiant « amour ».

– Euh… peut-être que vous pourriez me donner vos idées, et j'écrirais le texte, a prudemment suggéré Anna.

– D'accord, a répondu notre amie turque, toujours sur un ton déterminé. Toi dire que toi vouloir connaître eux, que eux être ta famille, que toi souffrir d'être loin de racines.

– Faut leur expliquer que ta reum infuse de te dire pourquoi elle s'est barrée de son pays, a ajouté Chavdar.

– Dis que tu es grande maintenant et qu'il est temps que votre famille soit réunifiée, ai-je proposé à mon tour.

– Parle de ta vie, de ton père, de ton écôle, de tes amis, des trucs que tu kiffes à môrt, a enchaîné Jae-Hwa, tout en tripotant son cube coloré.

– Ouais, faut qu'ils apprennent *who you are*, est intervenu Marvin.

– Toi dire que ta mère pas parler, mais que elle souffrir en silence. En Turquie, nous dire que « l'homme est plus dur que le fer, plus solide que le roc et plus fragile qu'une rose ». Toi dire tout ça, et Luca traduire en roumain.

Anna a relevé la tête de sa feuille pour me regarder. Je n'ai pas su si c'était en rapport avec la traduction du message ou avec le sens du proverbe.

Le soir même, je me mettais au travail. Mon père a proposé de m'aider.

– Tu es sûr, Loulou, qu'il faut traduire le proverbe sud-coréen ?

– Turc, tati. Pas coréen. C'est l'idée de Tezel, pas de Jae-Hwa.

– Mais comment veux-tu que je fasse la différence ? Tes amis ont de ces drôles de noms, aussi ! Je suis bien incapable de deviner s'ils viennent de Corée, de Chine ou de Mars ! s'est énervé mon père. Et puis, vraiment, je ne suis pas certain que les grands-parents d'Anna soient sensibles à la métaphore.

– Anna veut qu'on le traduise, alors on le traduit, ai-je répondu d'un ton ferme.

Deux heures plus tard, j'envoyais à mon amie le message destiné à ses grands-parents.

Gheorghe et Saveta Silistrarou.

Parle avec elle

– Luca, Luca, mon garçon. Réveille-toi ! Anna est là.

Anna ?

– Ton ami bulgare est avec elle, et la petite de Turquie aussi.

Mon père était penché sur moi. De sa main gauche, il me montrait la pièce d'à côté en fronçant les sourcils. Un coup d'œil au réveil, et j'ai compris qu'il était seulement 7 heures du matin. Nous étions samedi. Que faisaient-ils ici ? Un autre coup d'œil vers moi-même, et j'ai réalisé que j'étais en pyjama, pas coiffé, pas douché…

– T'en fais pas, Loulou, t'es bien comme ça. Naturel… a essayé de me rassurer mon père.

C'est donc dans cet état « naturel » que je suis passé dans la cuisine pour accueillir mes visiteurs matinaux.

– Désolé, mec, a commencé Chavdar. C'est miss Solari qui a incisé. Nous, on voulait pas venir si tôt.

Je me suis alors rappelé qu'Anna avait invité les Zéanas à passer la nuit chez elle. Une soirée pyjama à laquelle je n'avais pas pu participer, car je devais aller répéter le lendemain matin chez M. Ostinato. Marvin et Jae-Hwa n'avaient pas non plus pu venir, parce que leurs parents les avaient privés de sortie pour qu'ils rattrapent leur retard scolaire. Hier, pendant le cours de sport, Jae-Hwa s'était confiée à nous pour la première fois. Assise en tailleur sur le tapis de gymnastique, elle nous avait expliqué que, dans son pays, l'avenir des jeunes, c'était travailler en usine sept jours sur sept, même la nuit. J'avais alors réalisé que je connaissais très peu de choses sur la Corée du Sud, en dehors des films d'action et de zombies que j'avais pu voir en streaming. Là-bas, avoir une vie personnelle était interdit, tout était programmé, formaté à votre place. C'était pour cela que les Sud-Coréens n'avaient qu'une envie : quitter leur pays. Les parents de Jae-Hwa avaient décidé de partir pour que leurs trois enfants aient la liberté de choisir leur vie, mais, en échange, ils se montraient très stricts par rapport à leurs résultats scolaires. Jae-Hwa en avait parfois marre, préférant s'amuser, écouter de la musique ou faire des parties de Rubik's Cube.

Tandis que je tâchais de mettre de l'ordre dans mon esprit ensommeillé, j'ai entendu Anna expliquer qu'elle avait reçu hier soir une réponse de Saveta, « ma… grand-mère », a-t-elle ajouté d'une voix bouleversée. Elle lui avait écrit en français.

– Elle, pas dormir à cause du mot de Saveta, a complété Tezel d'un air grave.

– Lis-le tout haut, m'a dit Anna en me tendant une feuille.

Et j'ai lu.

Chère Anna,

D'abord, excuse moi pour les fautes que je vais faire. Je n'ai plus écrit le français il y a tres longtemp. Ton mesage nous a beaucoup surpris, moi et Gheorghiţa. Surpris est un mot tro lejer pour dire ce que on a ressenti. La dernière fois que on a vraiment eu des nouvelles de Cristina, s'etait en 2000 quand tu es née. Ta maman nous a alor envoyé une lettre et une photo de toi. Puis ensuite on recevait une carte pour les fétes. Gheorghiţa a eu un choc quand il a compris que sa petit fille de France a écrit à nous. On a beaucoup parlé tous les deux. On pense que Cristina doit texpliquer pourquoi et comment elle est partie de Roumanie. Pas nous. Mais on va texpliquer comment s'etait chez nous, avant 1989, pour que tu comprends un peu. C'est aussi ton pays, apres tout…

À l'époque, on etait gouverne par un homme qui s'appelait Nicolae Ceauşescu. Il etait fou, stupide et cruel. Il ne supportait pas la idée que un peuple vit librement. Il a devenu président de notre pays en 1974, mais on vivait deja sous un régime comuniste de dictature depuis longtemp, quand il a devenu chef du parti communiste en 1965. Et c'était vraiment un régime, crois moi ! On manquait de tout : aliments, liberté, lumiére, chauffage, toutes les conditions decentes de la vie. Plusieurs fois par jour, on nous coupait lelectircité. Parfois, ta maman etait contente, car, le soir, elle ne pouvait plus faire ses devoirs. C'est devénu encore plus dur quand il y a eu le rationnement de la nouriture et de l'essense. Chaque famille recevait un ticket et, avec ça, elle allait chez lépicier qui lui donnait ce qui etait mis sur le ticket. Et c'était pas beaucoup... Tu peux me croire.

Anna, ché nous, la démocratie n'existait pas. Les gens ne pouvaient pas partir a létranger, parce que on leur donnait pas de viza et de pasaport. Il fallait avoir de la famille la bas, mais il fallait aussi le prouver. On pouvait seulment partir dans des pays comunistes comme l'URSS, la Hungrie, la Pologne, la Bulgarie, la Tchécoslovaquie.

Certains supportaient ça, mais d'autres, non. Comme ta maman par exemple...

Voilà, Anna. Il est tard. Gheorghiţa s'est couché. C'est qu'on est plus très jeunes maintenan ! Je ne lui es pas dit que je técris. Tu sais, il ne s'est jamais remis du départ de ta maman. Moi pareil, mais je crois que j'ai compris un peu...

Si tu veux me repondre, ecris à mon mail :

saveta_89@gmail.com

Anna, demande à ta maman de te dire ce qui s'est passé cette nuit de novembre 1989 et pourquoi elle a fait ça.

Parle avec elle.

Peut etre que, grâce à toi, notre famille peut se recomposer.

Je t'embrasse.

Ta bunică.

P.-S. : « bunică » *veut dire « grand-mère » dans la langue de ton pays.*

Relevant la tête, j'ai vu quatre paires d'yeux braqués sur moi. Tous chargés d'un million de choses.

Dans ceux d'Anna et de mon père, il y avait tout cela mais en deux fois plus fort.

L'âge d'or

Son regard et son silence me faisaient sentir à quel point cette lettre avait bouleversé tati. Les mots de Saveta l'avaient renvoyé à l'époque la plus sombre de la Roumanie.

Je me rendais compte que nous n'en avions pas assez parlé ensemble. Dans la société roumaine, on évitait de revenir sur ce passé encore récent et douloureux. C'était d'ailleurs pour cela que les films roumains abordant cette période n'étaient pas plébiscités par les spectateurs, qui leur préféraient les blockbusters américains. J'avais un jour entendu M. Comănescu expliquer à mon père qu'il n'avait pas envie de revivre le régime à travers ce genre de films, que l'avoir vécu vingt-cinq ans, c'était déjà trop. Du coup on n'en parlait pas.

– Dis donc, elle fait pain de fautes, ta grand-mère ! a conclu Chavdar avec beaucoup de tact, mettant fin au silence qui s'était installé dans la pièce.

Son intervention légèrement abrupte nous a fait reprendre pied dans la réalité.

– Elle ne me dira rien, j'en suis sûre, a poursuivi Anna. Mais moi, je veux en savoir plus, et je veux comprendre pourquoi ma mère est partie.

Brusquement, je me sentais honteux de n'avoir pas posé plus de questions à mon père, de ne pas être allé dans une librairie chercher un livre pour apprendre qui étaient le *conducător** et sa femme Elena, pourquoi ces gens avaient dirigé mon pays de manière autoritaire et tyrannique, comment la population avait pu supporter leur folie toutes ces années, et pourquoi elle ne s'était pas révoltée.

Je connaissais finalement très peu mon pays, et c'était sans doute pour cela que la lecture du journal de Cristina me passionnait autant.

– Venez ! a ordonné mon père en se levant brusquement. On sort !

Il était déjà devant la porte d'entrée, une main sur la poignée. Tezel et Anna lui ont emboîté le pas sans discuter, suivies de Chavdar dont la présence massive donnait à notre petit appartement une allure de maison des sept nains. Je me suis levé à mon tour pour les rejoindre.

– Euh… Luca, je crois qu'il y a un léger problème, m'a dit Anna d'un air perplexe.

– Quoi ? Tu ne veux pas que je vienne avec vous ? lui ai-je demandé d'une voix paniquée.

– Si, si, je veux… Bien sûr que je veux ! Mais pas si

* Titre officiel que s'était attribué Nicolae Ceauşescu.

tu sors comme ça, en pyjama ! m'a-t-elle répondu en éclatant de rire.

Chavdar et mon père ont difficilement retenu leurs fous rires. Et Tezel aussi, malgré son habituel petit temps de retard.

– Deux secondes ! ai-je dit en me précipitant dans la chambre pour m'habiller.

C'est seulement une fois dans la rue que j'ai demandé à mon père où il nous emmenait. Il ne m'a pas répondu. Il marchait d'un pas déterminé, semblant savoir parfaitement ce qu'il faisait.

Nous l'avons suivi en ignorant où nous allions. Chavdar regardait d'un air curieux les rues que nous traversions. Assurément beaucoup plus colorées que celles du VIIe arrondissement. Les magasins de wax, les restaurants ivoiriens ou congolais, les épiceries africaines, les salons spécialisés dans les coiffures afro et les vendeurs à la sauvette devaient le dépayser. Dans la rue Poulet menant au métro Château-Rouge, nous en avions justement une belle démonstration. Des hommes en rang d'oignons invitaient les passants à acheter la marchandise posée sur leurs étals en cartons : vêtements, sacs, parfums, jouets, produits de beauté, de ménage et d'hygiène. Les tables de fortune seraient ensuite abandonnées au milieu des détritus. Le soir, les prostituées les utilisaient pour s'y asseoir et attendre leurs clients.

Boulevard Barbès, mon père est entré dans le supermarché Carrefour. Je ne comprenais toujours pas. Chavdar, Tezel et Anna, eux, paraissaient amusés.

– Suivez-moi ! nous a-t-il dit d'un ton qui ne permettait aucune dérobade.

– Euh… Vous voulez qu'on prenne un chariot ? a demandé Chav' d'une voix intimidée.

– Non, venez et regardez simplement autour de vous.

Dociles et intrigués, nous avons franchi les portes du grand magasin. Nous l'avons traversé une première fois. Puis nous l'avons parcouru de nouveau, en slalomant entre les caddies, les clients et les employés occupés à ranger les produits. Nous avons fini par ressortir du supermarché sans rien avoir rien acheté, au grand dam de Chavdar, qui aurait bien voulu quelque chose au rayon boulangerie.

– Alors, qu'avez-vous vu ? nous a demandé mon père, une fois dehors.

– Produits ! s'est exclamée Tezel.

Nous l'avons tous regardée d'un air étonné. C'était la première fois que notre amie comprenait une question avant nous.

– Oui, mais quoi précisément ?

– Frouits, légumes, pork, poulet, beouf, yaourts, lait, pain, gâteaux, a récité Tezel, visiblement heureuse de nous faire partager ses progrès en vocabulaire.

– Y avait aussi des mains aux raisins, a ajouté Chavdar, d'une voix pleine de regret.

– Et les rayons vous ont-ils semblé remplis ou vides ?

– Remplis, a répondu Anna. Même surchargés.

– Très bien, à présent fermez les yeux, nous a enjoint tati.

Nous avons obéi sans rien dire. Je crois que je commençais à comprendre ce que faisait mon père.

– Que voyez-vous ?

– C'est noir, tout noir, a répondu Anna.

– D'accord, rouvrez les yeux. Et maintenant ? nous a-t-il demandé en levant les mains au-dessus de sa tête.

– Soleil. Lumineux. Ciel tout bleu. On voit lumière, a dit Tezel.

– Bien. À présent, enlevez vos manteaux.

Chavdar, Anna, Tezel et moi avons échangé un regard, puis nous avons retiré nos doudounes et nos parkas.

– Que ressentez-vous ?

– Froid, très froid, a lancé mon amie de Turquie.

– Très bien, rhabillez-vous maintenant. Suivez-moi et écoutez.

Nous nous sommes couverts, puis nous avons marché, en écoutant mon père nous parler d'un autre temps, d'un autre monde.

– « L'âge d'or », a-t-il commencé en laissant échapper un rire amer, est une expression qu'utilisait la propagande officielle pour désigner la période où Nicolae Ceaușescu dirigeait la République socialiste de Roumanie. Même si le peuple, lui, n'a jamais vu la couleur de l'or… À Carrefour, vous avez remarqué les rayonnages surchargés d'aliments… Imaginez-les vides… Chez nous, ça l'était tout le temps sous la dictature, et encore plus dans les années

1980. On allait dans les épiceries en espérant revenir avec quelque chose. Au mieux, on mettait la main sur quelques paquets de pâtes farineuses ou des tranches de lard. Souvent, rien. « Il n'y en a plus » a sans doute été la phrase la plus prononcée pendant toute cette période… Une ou deux fois par an, on trouvait des oranges, des bananes ou des citrons, mais jamais en même temps, et, pour pouvoir en avoir, il fallait faire la queue pendant six ou sept heures. Je me rappelle la faim qui me tiraillait le ventre et ces immenses files d'attente…

Tati a marqué une pause. Il avançait sans parler, la tête baissée sur ses chaussures. Chav' m'a lancé un drôle de regard. J'ai lu de l'inquiétude et de la bienveillance dans ses yeux. Et, comme pour me confirmer que Chavdar le Bulgare n'était pas seulement Chavdar le rigolard, il a posé sa main sur l'épaule de papa. Le tapotant légèrement, comme un père le ferait avec son fils. Et tati a repris :

– Tout à l'heure, en retirant votre manteau, vous avez eu froid, n'est-ce pas ? Eh bien, imaginez ce que c'est quand vous avez froid tout le temps : chez vous, à l'école, au travail, au théâtre… L'hiver 1984-1985 a été particulièrement glacial. On allait se coucher tout habillé. Et le noir que vous avez entrevu le temps de quelques secondes… ce n'était pas seulement quand on fermait les yeux. Certains jours, comme l'a dit Saveta dans son mail, on n'avait que quatre heures d'électricité. Le soir, on ne pouvait plus étudier, lire ou cuisiner… On allumait des bougies, quand on en avait et on attendait que la lumière revienne.

Nous nous trouvions à présent devant la bibliothèque de Clignancourt.

– Anna, j'ignore de quelle manière ta mère est partie de Roumanie, ce qu'il s'est passé exactement, mais je pense que tu peux comprendre pourquoi on en arrive à vouloir quitter son pays.

Nous avons repris notre marche silencieusement.

Brusquement, le motif pour lequel, nous, nous étions partis me semblait bien léger comparé à celui qui avait poussé Cristina et tant d'autres à s'exiler.

Le passé, pas si simple

Malgré la petite nuit que j'avais passée à ressasser notre promenade au temps du communisme, je me suis levé, comme chaque dimanche, à 6 heures pour travailler mon violon. Depuis un moment, M. Ostinato me disait que je stagnais, et que si je continuais en mode « vol plané » j'allais m'écraser avant même d'avoir tenté le concours d'entrée du conservatoire. Malgré son côté un peu abrupt, la formule m'avait plu. Voler dans le ciel ou jouer de la musique, c'était pareil : une histoire d'équilibre, de voltige aérienne, de vertige.

Dans la liste des morceaux que je devais répéter se trouvaient : la *Partita n° 2 en ré mineur* de Bach, une sonate pour violon de Béla Bartók, et *Valse-Scherzo*, de Tchaïkovski. Pas de Roumain. J'ai donc choisi le compositeur hongrois. Autant se faire plaisir, même si une berceuse aurait été plus appropriée à cette heure matinale. Je ne risquais cependant pas de réveiller tati, car il était parti très tôt pour aller monter des meubles chez une dame habitant à l'autre bout de Paris. Restaient les voisins… Tant pis pour eux. Le bruit qu'ils faisaient en passant dans les escaliers ou lors de leurs fêtes nocturnes n'avait pas l'air de les embêter. Alors un peu de Bartók ne pourrait que leur faire du bien.

Et puis, comme disait M. Ostinato, « la musique n'est pas un bruit, mais un son ! ».

Au moment où je m'apprêtais à reprendre pour la troisième fois le dernier mouvement presto du morceau, j'ai entendu quelqu'un frapper doucement à la porte.

Mon archet à la main, je suis allé ouvrir en ronchonnant contre ce visiteur matinal.

C'était Anna.

– Comme tu m'as dit que tu te levais tôt le dimanche pour travailler, j'ai pensé que je pouvais venir, s'est-elle empressée de préciser avant même que je lui dise bonjour.

– Ça va ? lui ai-je demandé, un peu inquiet devant la pâleur de son visage.

– Pas trop. Hier soir, j'ai tenté de parler à ma mère, mais elle n'a rien voulu me dire et m'a gentiment prié de me mêler de mes affaires. J'ai essayé de trouver des articles sur la Roumanie, à l'époque où maman y était… Mais ça n'a pas donné grand-chose. Je me suis dit que tu pourrais m'aider à chercher sur des sites en roumain.

– Euh, oui… Viens, lui ai-je dit en montrant la table de la cuisine avec mon archet.

Durant près de deux heures, nous sommes passés de site en site, lisant des articles de journaux, des témoignages, des extraits de livres, visionnant des images et des vidéos d'archives. Je traduisais pour Anna, qui, au fil de nos trouvailles, me posait chaque fois plus de questions.

Moi aussi, j'apprenais des choses sur mon pays.

Les Roumains avaient supporté des contraintes auxquelles les autres États communistes avaient échappé. En 1981, Ceauşescu avait contraint la population à se serrer davantage la ceinture pour que le pays puisse rembourser la dette de treize milliards de dollars qu'il devait à l'extérieur. Cela avait entraîné un tas de privations supplémentaires qui avaient duré de longues années : coupures d'électricité, réduction du gaz, donc du chauffage, limitation du programme télévisé à deux heures par jour, rationnement de l'essence en imposant la circulation alternée (un week-end, les numéros pairs ; un autre, les numéros impairs)...

Et, bien sûr, toutes les restrictions sur la nourriture. Au temps de l'âge d'or, il était très difficile de trouver de la viande. Les poulets que les Roumains parvenaient parfois à dénicher dans les épiceries pesaient moins de cinq cents grammes. À un certain moment, la viande avait même été remplacée par des poissons qui venaient de très loin et par des crevettes du Vietnam, soi-disant parce qu'ils étaient plus sains. Et, même quand les magasins étaient approvisionnés, la population n'avait pas grand-chose, à cause du rationnement. Chaque Roumain avait droit à un kilogramme de sucre et à sept cent cinquante millilitres d'huile par mois. S'il travaillait, il recevait un pain de deux kilos par semaine. Les gens se levaient à 3 heures du matin pour se poster devant la porte de l'épicerie qui ouvrait à 8 heures et recevoir, au mieux, une bouteille de lait ou quelques œufs. Les gens avaient toujours faim et inventaient des stratagèmes pour pouvoir survivre. Certains échangeaient des cigarettes contre des oranges, d'autres avaient recours au marché noir ou allaient voler des produits de base dans les usines, d'autres faisaient fonctionner leurs relations…

Et, pour parfaire le tout, le régime avait enlaidi le pays. « Au nom du progrès », il avait démoli plein de maisons et de belles églises pour les remplacer par des immeubles très hauts, très gris et tous identiques.

Nous aurions pu en apprendre davantage, mais c'était suffisant. Avec ces documents, les extraits du journal de Cristina, la lettre de Saveta, les souvenirs de tati, nous voyions se dresser devant nous le portrait de la Roumanie que nous n'avions pas connue.

Envol

– Alors, comment vous me trouvez ? a demandé Chavdar d'une voix qu'il essayait vainement de rendre discrète.

– Splendide et… comment dire, brillant ! a répondu mon père avant tout le monde.

Pour la fête de Noël du lycée, mon ami de Bulgarie avait généreusement usé de plusieurs pots de gel. Ce soir, il était notre James Bond bulgare.

Le thème du concert que nous nous apprêtions à donner était le voyage. C'était Anna qui était parvenue à faire adopter l'idée par le Conseil de la vie lycéenne. Après le vote, Benoît et sa bande étaient partis en claquant la porte, car leur proposition (le cinéma) n'avait pas été retenue.

Ce soir, des élèves volontaires joueraient ou chanteraient un morceau permettant au public de voyager musicalement. Chacun avait affiché dans la salle des textes et des photographies évoquant les contrées auxquelles renvoyaient les œuvres du programme. Des contrées réelles ou imaginaires…

Seul M. Ostinato savait ce que j'allais interpréter.

Chavdar avait choisi un air de *gajda*, Tezel, de flûte *kaval*, Marvin reprendrait *Un autre monde*, du groupe Téléphone, à la grosse caisse *tapan*, Jae-Hwa jouerait une mélodie sud-coréenne au Rubik's Cube, et Anna… Anna était notre coach.

Les murs de la salle de théâtre du lycée évoquaient des pays inconnus pour les uns et les autres. Je regardais les photos accrochées par Chavdar. Elles montraient le cap Kaliakra.

– T'es genoux, hein ? m'a titillé mon ami en me donnant un coup de coude. Vous n'avez pas d'aussi bel endroit en Roumanie, hein ? a-t-il insisté, un sourire en coin.

Le littoral du côté bulgare était très beau, je ne pouvais pas dire le contraire. À ce moment précis, j'aurais même aimé me télétransporter sur cette falaise et admirer pour de vrai le bleu profond de la mer Noire que nos deux pays se partageaient. De mon côté, j'avais apporté une photo d'Ipoteşti, en plein hiver, quand les collines se couvrent d'une neige immaculée. Le bleu bulgare et le blanc roumain se répondaient sous nos yeux.

Tandis que nous regardions en silence Kaliakra et Ipoteşti, j'ai entendu la voix de mon père dans mon dos.

Il était avec Anna, sa mère et un homme que j'ai supposé être son père.

– Luca, je viens de faire la connaissance du papa d'Anna, et de Christine, sa maman. Je peux vous appeler Christine, n'est-ce pas ?

– Bien sûr, a-t-elle répondu d'un air légèrement crispé. Et vous ?

– Moi, je m'appelle Liviu… c'est un prénom roumain, attention à bien le prononcer ! « Liii-viou », pas « Li-viu », a continué mon père avec cette aisance qui me désarmait toujours autant. Oui, parce que Luca et moi, nous venons de Roumanie, a-t-il poursuivi tout aussi gaiement en passant un bras autour de mes épaules.

Un silence gênant s'est glissé entre nous.

– Oui, Anna me l'a dit. Et… de quelle ville exactement ? a finalement demandé Christine.

Mon père en a profité pour lui expliquer que nous venions de Bucarest, mais qu'il était originaire de Moldovița, un petit village de Bucovine, « la plus belle région de Roumanie ».

J'ai discrètement pris Anna à l'écart.

– Laissons-les faire connaissance, lui ai-je proposé.

Je savais qu'Anna n'était pas encore parvenue à parler avec sa mère. En revanche, nous continuions d'échanger avec Saveta. Je traduisais pour Anna, me faisant en quelque sorte la passerelle de ses mots, et je complétais avec des passages puisés dans le journal intime de Cristina. Tout cela, les souvenirs de mon père, ceux de la grand-mère et de la mère de mon amie, nos recherches sur Internet avaient éveillé en moi un sentiment qui m'ébranlait. L'impression d'une part manquante… Juste là.

– Il est beau, le poème de Tezel, tu ne trouves pas ?

Nous étions devant le texte qu'elle avait affiché.

C'était celui que nous avait demandé d'écrire Mme Cantonais : « Racontez ce que vous voyez de votre chambre. » Je me rappelle ce jour où elle nous avait rendu nos copies. Elle avait demandé à plusieurs élèves, dont Tezel, de lire leur production, mais notre amie de Turquie n'avait pas voulu.

« Il est parfois difficile de lire tout haut ce que notre esprit compose tout bas », avait gentiment commenté notre professeure, pour ne pas mettre mal à l'aise la jeune fille.

De ma chambre, voir un pays qui n'existe sur aucune carte
De ma chambre, voir un pays où j'aime vivre
De ma chambre, voir un pays où je peux tout dire
De ma chambre, voir un pays fait de plein d'autres pays
De ma chambre, voir un pays aux visages de toutes les couleurs
De ma chambre, voir un pays où Bucarest, Istanbul, Sofia, Londres, Séoul et Paris sont réunis
De ma chambre, voir un pays où les départs, les retours, les arrivées sont possibles
De ma chambre, voir un pays qu'on choisit et qui nous choisit aussi
De ma chambre, voir un pays où être loin n'existe plus
De ma chambre, voir un pays où on est libre,
de rester,
de partir,
de vivre.

J'ai repensé au reportage que j'avais vu avec Anna. Un journaliste expliquait qu'en Turquie « dire était un crime ». Ce manque de liberté d'expression, Tezel et sa famille aussi en avaient souffert. Elle était la fille d'un couple d'intellectuels, les premières cibles du président turc Recep Tayyip Erdoğan. Au moment même où elle pouvait laisser sortir ses idées comme elles venaient, sans se poser trop de questions quant à leur forme ou à leur contenu, plus de cent journalistes étaient emprisonnés dans son pays, car leurs propos ne plaisaient pas ou faisaient peur au pouvoir. De nombreux journaux avaient été fermés, des milliers de personnes travaillant dans la presse avaient perdu leur emploi, et on leur avait confisqué leurs biens et leur passeport afin de les empêcher de partir. La famille de Tezel avait préféré fuir avant qu'il ne soit trop tard.

Des applaudissements m'ont fait quitter le pays de Tezel et revenir dans la salle de spectacle du lycée Saint-Exupéry de Créteil. Le proviseur annonçait que le concert allait débuter dans un quart d'heure. J'ai cherché des yeux mon professeur de violon et constaté qu'il n'était pas là. J'ai senti la panique monter en moi. J'étais prêt à m'enfuir en courant. J'essayais de me contrôler, de m'apaiser alors que des pensées catastrophiques virevoltaient dans ma tête. Sur le programme, il était prévu que je joue en dernier. Il arriverait peut-être à temps… S'il ne venait pas, je ne monterais pas sur scène.

Chavdar est passé en premier. Des rires se sont élevés dans la salle au moment où mon ami prenait place. Lui et sa grosse *gajda* bulgare suscitaient les moqueries de certains élèves qu'Anna et moi avons fusillés du regard. Les ignorant totalement, le musicien a commencé à jouer. Le bonheur visible qu'il avait à nous transmettre la musique de son pays, exalté par la présence de ses parents et les applaudissements déchaînés de mon père, réussissait presque à faire oublier les fausses notes et le son légèrement exaspérant de l'instrument à vent. Quelques minutes plus tard, Tezel et sa flûte *kaval* sont venues apaiser nos oreilles échauffées en nous interprétant un morceau gorgé de douceur, puis Jae-Hwa est parvenue à reproduire l'hymne national sud-coréen au Rubik's Cube. Nous l'avons crue sur parole, tout comme nous l'aurions crue si elle nous avait dit qu'il s'agissait de l'hymne du Vanuatu. Et enfin, Marvin nous a proposé de chanter *Un autre monde* tandis qu'il jouait le rythme à la grosse caisse *tapan*. Le temps d'une chanson, nous avons donc rêvé d'« une autre Terre, qui resterait un mystère, une Terre moins terre à terre ».

D'un léger coup de coude, Anna m'a signalé que mon tour était arrivé. À mon grand soulagement, j'ai vu que M. Ostinato était là. Sans lui, je n'aurais pas eu le courage de monter sur scène pour jouer la *Ciocârlia**. La main du

* *L'Alouette*, d'Angheluş Dinicu, qui a inspiré George Enescu dans sa composition de la *Rhapsodie roumaine.*

vieil homme sur mon épaule, j'ai gravi la petite scène improvisée. Mon professeur s'est placé à ma droite. D'un mouvement de tête, il m'a donné le signal de départ. J'ai pris une grande inspiration et je me suis jeté à l'eau. Une chose légère et volatile s'est alors emparée de mes mains. J'ai laissé glisser les pensées encombrantes qui faisaient ployer mes ailes depuis quelque temps. J'étais devenu l'alouette, bien décidé à porter haut la beauté de sa voix roumaine. Nos deux violons se répondaient. Je voyais les yeux de mon père. Son bonheur. Sa fierté aussi… C'était la première fois qu'il restait à m'écouter. Qu'il me découvrait sur scène. C'était pour lui que je jouais. C'était vers lui que je faisais voler l'alouette.

Les spectateurs nous ont applaudis et rappelés. Nous avons de nouveau interprété notre morceau, encouragés par la sympathie que nous témoignait le public.

Dans la pénombre de la salle, j'ai croisé le regard de la mère d'Anna. Elle me souriait d'un air fait de joie et de tristesse mêlées. Je devinais ce qu'il se passait en elle.

Comme un mur qui s'effritait.

Jeudi 2 novembre 1989

Je reprends enfin ce journal après tous ces mois où j'ai manqué de force pour écrire.

J'ai pris ma décision. Je vais partir.

Je ne supporte plus nos conditions de vie. Depuis un an, tout est de plus en plus difficile. Ou bien c'est moi peut-être qui n'ai plus la résistance suffisante pour les supporter.

Le manque de nourriture, les coupures d'électricité, les températures de cinq ou dix degrés dans l'appartement, les cours à l'université en manteau, avec un bonnet et plusieurs écharpes…

Et cette impression permanente de vivre dans une prison. Je n'ai jamais connu la liberté, pourtant, je sais qu'elle existe… autre part.

Par peur de ce qu'ils pourraient nous faire, on n'en parle jamais à la maison. Mais je vais à la bibliothèque de l'Institut français. Je lis la presse de ce pays, qui est très différente de celle imposée par notre régime. En lisant des magazines comme L'Express, Le Point *ou* Le Nouvel Observateur, *j'ai compris qu'ailleurs se trouvait un monde libre. Chaque nuit, je me dis que je vais partir, mais je n'ose jamais franchir le pas, par crainte des représailles envers ma famille, et par crainte aussi de la séparation. Mais là, je vais le faire.*

Dimanche 5 novembre 1989

L. ne viendra pas. Il ne veut pas laisser sa famille, mais je crois aussi qu'il a peur. Je me suis disputée très fort avec lui, car en disant cela il sous-entend que, moi, j'abandonne les miens sans aucun regret. Que je suis égoïste !

Il ne comprend pas que j'étouffe ici ! La nuit, je n'arrive plus à dormir, je me sens emprisonnée dans une geôle froide et sombre. Je ne peux rien faire, rien dire. Mes parents se sont résignés, habitués, mais moi, je ne veux pas passer ma vie ici, sous une dictature.

Je partirai donc seule. Je me débrouillerai. Ilinca m'aidera.

Mardi 14 novembre 1989

Demain…

Samedi 18 novembre 1989

Ça y est, je suis en France.

J'ai quitté la maison dans la nuit du 15 novembre. Avec pour seuls bagages les vêtements que je portais sur moi et un sac de sport. Et sans avoir dit au revoir aux parents. Leur apprendre que je partais, où et comment aurait été trop risqué pour moi comme pour eux. Je n'en ai d'ailleurs parlé à personne, pas même à toi, mon journal. J'avais tellement peur que quelqu'un découvre mon projet de fuite et me dénonce.

Heureusement, mon plan a marché. Pour le passeport, je me suis débrouillée, même si ça n'a pas été facile. Mon cousin Claudiu avait réussi à en obtenir un en « offrant » deux sacs de pommes et deux billets pour un match de foot au colonel du service des passeports. Mais, dans notre famille, on a peu de moyens et encore moins de connaissances bien placées. Après plusieurs tentatives, je suis parvenue à m'inscrire à une excursion en Tchécoslovaquie. Ilinca, installée en France, m'a retrouvée en Hongrie, où je devais faire étape. Ma chance a été que nous nous ressemblons beaucoup. Là-bas, elle m'a donné son passeport, puis elle a prétexté l'avoir perdu. Bien sûr, je ne suis jamais allée en Tchécoslovaquie… À Budapest, j'ai fait de l'auto-stop. J'ai marché plusieurs kilomètres avant qu'une famille britannique ne s'arrête. Je ne pourrai jamais l'oublier. Arrivés à la frontière, on a montré nos passeports. Les enfants pleuraient, le bébé avait fait dans sa couche, ça ne sentait pas très bon… Les policiers hongrois nous ont très vite laissés passer. C'est comme ça que je suis arrivée en Autriche, d'où j'ai pris un train pour l'Allemagne, puis pour la France.

Je suis à Paris.

Loin des miens, mais libre.

Noël dans six pays à la fois

Après le concert de Noël, Anna était très vite partie avec sa mère. Elle m'avait envoyé un mail confirmant ce que j'avais lu dans le regard de Cristina : une fois chez elles, elle s'était enfermée dans sa chambre et sa fille l'avait entendue pleurer. Le lendemain matin, son père avait confié à Anna qu'elle répétait une seule phrase depuis la veille : « Mes parents me manquent. »

« Il y a sans doute en chacun de nous un vide qui devient de plus en plus grand et de plus en plus douloureux à mesure que les jours passent », avait-elle conclu dans son message, faisant écho à ce que je ressentais moi-même.

Cette phrase donnait aussi un autre sens aux passages du journal que je venais de lire. Le récit de sa fuite… Je ne voulais pas être celui qui le raconterait à Anna. Il fallait, pour elles deux, que ce soit Cristina qui lui parle de cette nuit de novembre 1989.

– T'es prêt, Loulou ? m'a demandé mon père en frappant à la porte de la salle de bains.

Nous devions passer le réveillon de Noël chez Chavdar,

le seul de nos amis à avoir une maison assez grande pour recevoir six personnes. Il y aurait Marvin, Jae-Hwa, Tezel, Anna, mon père et moi. Il était hors de question que je laisse tati tout seul, avec pour seule compagnie Alain Delon en DVD et *L'Oncle Anghel*, de Panaït Istrati. Chavdar avait d'abord proposé de lui confier Kashkaval et Tchouchki pour la soirée, « afin qu'il ne reste pas seul ». Mais, devant mon air furieux, il n'avait pas insisté et m'avait dit que papa était le bienvenu. Tati serait le seul adulte de la soirée. Les parents de mes amis célébreraient Noël de leur côté, et avaient accepté de laisser leurs enfants faire la fête, entre Zéanas, chez Chavdar.

Enfin prêt, je suis ressorti de la boîte à chaussures qui nous servait de salle de bains.

Mon père m'avait acheté une belle chemise blanche en me faisant promettre de me tenir éloigné des oranges, et de tout autre fruit au jus coloré. Ses économies n'avaient pu payer qu'un seul vêtement, il se contenterait de sa chemise en lycra à fleurs roses et bleues. Ses couleurs étaient toujours aussi éclatantes, malgré les multiples lessives. La qualité du « made in Romania », aimait-il répéter.

– T'es magnifique, Loulou, on dirait…

– Je sais, tati, on dirait Alain Delon dans *Borsalino.* J'aimerais quand même mieux être son fils Anthony. En plus, Alain, c'est toi, non ? l'ai-je taquiné.

Comme pour me répondre, tati a enfilé son « alendelon », un modèle de manteau créé par un artisan de Roumanie et baptisé du nom de l'acteur. Ce pardessus court en peau de mouton et garni d'un col en fourrure était la copie exacte, roumaine, de celui que portait la vedette française dans ses plus grands films. Un produit star qui avait fait la fortune de son inventeur.

C'est donc ainsi vêtus que Borsalino père et fils sont partis rejoindre la maison des Komandarev.

Le grand salon de la résidence de l'ambassadeur de Bulgarie était paré d'un sapin et de nombreuses décorations de Noël. Bulgares, essentiellement, forcément. Mais nous avions décidé que chacun de nous apporterait un objet de son pays, pour que tout le monde se sente *acasă**.

– Moi, commencer ! a lancé Tezel en sortant un énorme plat de son sachet. Ça venir d'Iznik, la ville d'où moi être. *Anne anne*** vivre encore là-bas. Donner ça à moi avant de partir. Moment très triste…

Nous regardions la grosse assiette qu'elle serrait contre son cœur. Elle semblait revivre cet instant où elle avait quitté sa grand-mère pour aller en France. Ses yeux en amande avaient soudain perdu de leur éclat pétillant.

– Dis donc, elleu est toute pendillée de partout. Nos céramiques, chez nous, elles sont beaucoup plus résistantes, est intervenu Chavdar.

Au fil des mois, je découvrais une autre facette de mon ami. Derrière son apparence directe, parfois mal-

* Mot roumain signifiant « à la maison ».
** Mot turc signifiant « grand-mère ».

adroite, il cachait en fait un gros cœur sensible. Ce qui pouvait passer pour un manque d'éducation était sa manière à lui d'aider les gens à chasser la tristesse qui les envahissait.

– Non, c'est parce que assiette appartenir à ma famille depuis centaines d'années. *Anne anne* donner à moi. Dire à moi dans la maison de pierre : « Tezel, à toi je confie le passé de notre famille. Toi prendre soin de lui. »

Un long silence s'est installé dans la salle à manger des Komandarev. Nous nous regardions sans savoir comment le briser.

– Allez, on continue ! Jae, qu'est-ce que t'as avorté ? a lancé Chavdar, toujours le premier à combler les vides.

– « Apporté », l'a corrigé Anna en riant. « Avorter » ne veut pas du tout dire la même chose.

Jae-Hwa a mis son Rubik's Cube de côté et a sorti un lampion en papier de son cabas.

– Alors dans mon pays, à la printemps, on fait la féte des Lanternes pour seulébrer Bouddha. Dans les rues, on accoche des guirlandes de lanternes, et le soir on les allume. Chav', toi éteindre la lumère, si teu plaît.

Chavdar s'est exécuté sans broncher. Et Jae-Hwa a allumé la mèche de la bougie placée au fond du lampion rouge. Sa lumière douce et chaude est venue illuminer nos visages. Nous étions fascinés par cette petite chose, si simple et si fragile, qui réchauffait profondément. De l'intérieur. Personne ne parlait. On entendait juste les deux chats des Komandarev qui jouaient avec le sachet du plat d'Iznik.

Puis Marvin a posé sur la table son objet. C'était la première fois que je le voyais manipuler quelque chose avec autant de précautions.

– C'est le dernier calendrier de l'Avent que j'ai reçu. *I like…* J'aime le regarder et le toucher. *It's like if my house was with me.*

C'était celui de l'année 2015. Les vingt-quatre petites fenêtres correspondant aux jours précédant Noël étaient ouvertes. Derrière elles, on pouvait distinguer une image ou un poème. Le papier cartonné était usé et tout fripé. On voyait qu'il avait été manipulé de nombreuses fois, et pas seulement au mois de décembre 2015.

– Bon, je crois que c'est notre tour, a dit tati, en passant un bras autour des épaules de Marvin.

Ce soir-là, mon père était un peu celui de tous les Zéanas.

– Alors nous, on vous a apporté deux petites choses. Minuscules mais très précieuses, a-t-il poursuivi d'un air malicieux. Vas-y, montre-les, Loulou.

– Voilà, ce sont deux *mărţişoare*, ai-je expliqué après les avoir sortis de ma poche. Le *mărţişor* est une porte-bonheur. Dans notre pays, et dans celui de Chavdar, on s'en offre le 1er mars. Une petite figurine – ici un cœur et une fleur – est attachée à deux fils tressés, l'un rouge, l'autre blanc. Il annonce l'arrivée de la printemps, symbole de l'amour que l'on porte aux êtres que nous aimons.

– N'importe nawak ! Les *martenitsi*, c'est seulement pour les filles ! Vous ne devriez pas en avoir !

– Pas forcément, Chavdar ! s'est exclamé mon père. Dans ma région, la Bucovine, il y a très longtemps, le *mărțișor* se mettait autour du cou, et était porté aussi bien par les filles que par les garçons. Et beaucoup de Roumains ont conservé cette tradition.

– Et on dit que la personne qui le met plusieurs jours à la suite, sans que les fils se cassent, aura de la chance toute l'année, ai-je ajouté.

Nos deux porte-bonheur passaient de main en main. Tezel et Jae-Hwa les regardaient avec de grands yeux.

– Anna… À toi, maintenant, a dit mon père.

Sans plus tarder, mon amie a sorti de son sac un livre qu'elle a placé au centre de la table.

– *Le Co… le Col-lec-tionneur d'instants**, a déchiffré Tezel, son index glissant sous les lettres du titre de l'album.

– Ce livre compte énormément dans ma vie. Quand ça ne va pas trop, je l'ouvre, et il m'aide à aller mieux. En fait, si je l'ai apporté, c'est parce qu'un livre, pour moi, c'est comme une maison. Quand je lis des histoires, je m'échappe dans un autre monde. Et c'est *Le Collectionneur d'instants* qui m'a permis de comprendre cela.

– Et de quoi ça parle ?

– C'est l'histoire de la rencontre entre un jeune violoniste solitaire et Max, un peintre voyageur. Quand le garçon joue, Max peint des toiles qu'il pose face retournée contre le mur. Un jour où le peintre est absent, le

* *Le Collectionneur d'instants*, de Quint Buchholz, éditions Milan, 1998.

jeune garçon va découvrir la face cachée des tableaux. Il va alors vivre chacune de ces œuvres comme un voyage, sans bouger de son fauteuil. Ces peintures vont lui permettre de répondre aux questions qu'il se posait… et donc…

– … de grandir, a continué mon père à sa place.

– Oui, c'est ça, a repris Anna, les yeux brillants. Mon passage préféré, c'est quand Max dit que chaque image doit conserver un secret. Même pour lui, et que d'autres, peut-être, y voient beaucoup plus qu'il ne voit lui-même.

Nous avons feuilleté le grand livre, sans rien dire. Chavdar, Marvin et mon père se tenaient derrière Anna, Tezel, Jae-Hwa, et moi qui tournais les pages de l'ouvrage.

De loin, on aurait cru une famille ordinaire célébrant Noël.

Un instant à collectionner.

Une nuit de novembre 1989

À son bureau, Anna m'expliquait l'accord des couleurs.

– Bon, si on passait à autre chose ? Tu m'as promis de m'apprendre quelques mots de roumain. À toi, maintenant !

– Mais on n'a pas fini ! me suis-je exclamé.

– Ça fait quatre heures qu'on y est. Le problème, c'est qu'on bavarde plus de la moitié du temps. Luca Popovici, il va falloir que je fasse preuve de plus d'autorité pour vous remettre dans le droit chemin, m'a-t-elle sermonné d'un ton de professeur.

– Bon, j'ai quand même retenu que, si je dis « les chemises orange », je ne mets pas de « s » à « orange », car c'est un nom désignant une chose et utilisé comme adjectif, par contre j'en ajoute un dans « tes yeux noirs flamboyants ».

– Arrête donc de dire des bêtises ! En parlant d'orange, tu veux pas aller nous chercher à boire ? J'ai soif, à force de t'expliquer toutes ces règles, a-t-elle répliqué, un sourire au coin des lèvres.

– À vos ordres, madame Anna !

– Madame Silistrarou, s'il vous plaît, a-t-elle ajouté alors que j'étais déjà à la porte.

Au fil des échanges avec Saveta, Anna revendiquait de plus en plus ses origines. Parfois sur le ton de l'humour, parfois avec un entêtement farouche que rien ne pouvait ébranler. Cela paraissait presque insensé. Tandis que la plupart des Roumains installés à l'étranger cherchaient à gommer leur nationalité, mon amie, née française, affirmait avec fierté ses racines roumaines. Pour elle, c'était sans doute ainsi, justement, que son identité prenait sens.

Dans la cuisine, Christine était occupée à lire un magazine en écoutant la radio. Me faisant le plus discret possible, j'ai sorti une bouteille de jus d'orange et deux verres. Je m'apprêtais à remonter avec nos boissons quand la mère d'Anna m'a arrêté.

– Luca, assieds-toi, s'il te plaît. Je voudrais te parler de deux trois choses. Je n'ai jamais parlé à personne du jour où j'ai fui la Roumanie. Je crois qu'il est temps à présent. Et ce sera plus facile si c'est avec quelqu'un ne faisant pas partie de ma vie… de ma vie française.

Son regard m'a rappelé le soir du concert de Noël. Elle a refermé sa revue et pris une grande inspiration.

– J'ai quitté la Roumanie le 15 novembre 1989. J'avais 18 ans, a-t-elle commencé.

J'ai posé mes verres et la bouteille sur la table et je me suis assis en face d'elle.

Je l'ai écoutée me raconter ce que je savais déjà grâce à son journal. Alors que près de trente années s'étaient écoulées entre-temps, Cristina se remémorait sa fuite comme si c'était hier. Je reconnaissais les faits, les dates, les lieux, mais il n'y avait plus la légèreté et l'excitation qui traversaient les pages de son cahier.

Elle s'est arrêtée de parler, puis a repris, la gorge nouée.

– Luca, il faut que tu comprennes que c'est le régime communiste qui m'a obligée à partir.

– Oui, je sais. Mon père m'a expliqué... mais pourquoi la France et pas l'Allemagne ?

– Tout d'abord, par pur pragmatisme : je parlais bien français. Ensuite, parce que c'est ce pays qui m'avait appris le mot « liberté »... et qu'à cette époque c'était le seul endroit où je pensais pouvoir être heureuse.

Elle a fait une pause, comme si elle réfléchissait à ce qu'elle venait de dire.

– On a tous une raison de vouloir partir et, une fois arrivé, on comprend que le « pays » n'est pas seulement un territoire, mais aussi tout ce qu'il contient : des visages, des êtres, des odeurs, une langue, des sons...

– Vous regrettez ?

Christine a trituré quelques secondes la couverture de papier glacé de sa revue.

– Je crois que ce que je regrette, c'est de ne pas avoir la force de repartir dans mon pays. Finalement, être libre, c'est pouvoir partir, puis revenir à tout moment. C'est ce que je pense aujourd'hui. Mais plus le temps avançait, plus il m'était difficile de renouer avec ma famille. Je craignais de devoir me justifier… Cinq ans ont passé, puis dix, puis vingt… Cela fait presque trente ans maintenant que je n'ai pas parlé de vive voix à mes parents, je me contentais de leur envoyer quelques cartes postales aux fêtes.

– Luca, qu'est-ce que tu fais ? Il t'en faut du temps pour nous apporter à boire, nous a interrompus Anna du couloir par où elle arrivait.

J'ai regardé sa mère. Elle a hoché la tête comme pour me dire qu'elle avait lu dans mes pensées. Dans la cuisine, Anna a très vite compris qu'un événement imprévu m'avait empêché de remonter plus tôt.

– Ma chérie, viens t'asseoir avec nous, s'il te plaît, lui a dit Cristina. J'ai quelque chose à te raconter, si ça ne dérange pas Luca d'entendre de nouveau mon histoire.

D'un sourire un peu gêné, je lui ai fait comprendre que non.

Ce serait juste la troisième fois.

Des lumières

Ce matin-là, Anna n'était pas en cours. Elle m'avait envoyé un texto pour me dire de ne pas m'inquiéter. Mais j'étais soucieux.

– Qu'est-ce que t'as fabriqué, cette nuit ? T'as uneu de ces têtes, tu te verrais ! m'a lancé Chavdar avec toute la délicatesse dont il était capable.

J'avais très peu dormi, et mon père aussi.

Suite aux révélations de Christine, j'avais tout raconté à tati. Je voulais savoir si lui aussi avait eu envie de fuir la Roumanie.

– Non, jamais. Je ne me voyais pas vivre ailleurs. Et même si Ceaușescu nous menait la vie dure, je parvenais encore à trouver dans mon pays des sources de joie, contrairement à Cristina.

– Comme quoi ?

– Eh bien... J'ai rencontré ta mère. Et sa présence suffisait à illuminer mes journées. Parfois, j'oubliais même que nous vivions sous une dictature. L'amour rend aveugle, tu connais le proverbe, Loulou.

Après cette conversation, nous avions continué de parler de la Roumanie et de ce que les médias appelaient la « résistance lumineuse du peuple roumain ». Depuis fin janvier, place de la Victoire à Bucarest, et dans d'autres villes du pays, des milliers de personnes manifestaient dans un froid glacial. Elles réclamaient le retrait de tous les hommes politiques corrompus. Ce soir-là, les manifestants étaient 300 000. Ne pas être à leurs côtés était très dur pour nous. J'aurais voulu descendre dans la rue, inventer des slogans, fabriquer des pancartes, les brandir, chanter l'hymne de mon pays, crier : « Non, à la corruption », *« Make love, not corruption »*, « Nous ne partons pas, nous résistons ! »… Mais nous étions à Paris, loin de ces gens avec qui nous partagions une terre et une histoire communes. Alors, chaque soir, nous faisions défiler les photos des manifestations, nous lisions les articles, les analyses des journalistes politiques, les formules de ralliement. Papa s'était créé un compte Facebook pour se tenir au courant. Nous encouragions nos amis par des commentaires. Nous « résistions » à leurs côtés avec nos mots et nos pensées.

– Tu vois, Loulou, dans la vie d'Anna, comme dans celle de millions de Roumains, il se passe quelque chose d'historique, m'avait dit mon père le lendemain, au petit déjeuner.

– T'as vraiment pas l'air dans ton assiette, a insisté Chavdar à la cantine. T'es malade ?

Assis entre lui et Marvin, en face de Jae-Hwa et de

Tezel, je fixais depuis un bon moment mes macaronis caoutchouteux. Quand j'ai enfin réussi à relever les yeux, j'ai vu qu'ils me regardaient tous d'un air inquiet.

– Votre pays… Il ne vous manque pas ? ai-je fini par dire.

J'ai vu alors le visage de Tezel devenir aussi blanc que nos pâtes au fromage.

– Bien sûr que si, elle me manque ! Mais pour moi, pas possible de la retrouver, m'a-t-elle répondu d'une voix précipitée. Pas possible de la retrouver, pas possible de la retrouver ! a-t-elle répété, en hochant la tête plusieurs fois.

Comme elle avait utilisé le féminin au lieu du masculin et le verbe « retrouver », j'avais d'abord cru qu'elle parlait de sa mère.

– Il me manque aussi, a continué Jae-Hwa.

– *Me too*, a renchéri Marvin. Mais ici, c'est l'Europe. Dans ma famille, on se sent plus européens que britanniques… *There is nothing to do.*

J'ai tourné la tête vers Chavdar.

– Bah, moi aussi. Qu'est-ce que tu crois ? m'a-t-il demandé. C'est pas parce que je blague à tout bout de temps que je suis pas triste d'être loin de lui ! C'est pas parce que je suis un fils d'ambassadeur, et pas un réfugié, un fils qui touche des bourses ou un autre avec des parents rebelles, que mon pays me manque pas, a-t-il continué avec un air grave que je ne lui avais jamais vu. Et en plus, contrairement à toi, c'est pas moi qui a voulu venir en France. C'est mon père. Et quand il partira d'ici, je devrai encore le suivre. Je suis un garçon de l'Est gratiné à passer d'un pays à un autre.

Un silence embarrassant s'est installé entre nous

– « Destiné », pas « gratiné », s'est-il repris de lui-même quelques secondes plus tard, allégeant par la même occasion la dureté de ses propos.

– C'est vrai, Luca, a ajouté Tezel. Si toi vouloir rentrer en Roumanie, toi pouvoir.

– Ce n'est pas si simple…

– C'est quôi qu'est pas simple ? Tu peux jouer à la viôlôn en Roumanie. La France est pas le seul pays où tu peux faire grand musicien, m'a répondu Jae-Hwa.

– Toi, devoir parler à ton père. Ce soir ! a repris Tezel de cette petite voix têtue et enflammée que j'aimais tant.

– *Tonight !* a renchéri Marvin.

– Mais il y a aussi vous, il y a aussi Anna…

– Elle comprendra, et elle sera trop contente d'avoir un ami à retourner dans son pays ! m'a dit Chavdar, sans me regarder ni répondre à la première partie de ma remarque.

Je suis rentré à la maison avec mon humeur des mauvais jours et les mots des Zéanas bourdonnant dans ma tête.

Comme les soirs précédents, mon père était sur Internet et suivait les manifestations retransmises en live sur Digi-info. La chaîne montrait des images de la place de la

Victoire, où des milliers de Roumains avaient allumé leur téléphone portable, puis levé et uni leurs mains pour former le drapeau lumineux de l'Union européenne. Mon père et moi regardions leurs mains tendues, leur marche silencieuse, leur appel à plus de justice et à une vie meilleure, leur visage frigorifié et déterminé. J'entendais la respiration de tati et mes propres battements de cœur s'accélérant à mesure qu'augmentait le nombre de Roumains dans la rue.

– Tati, je veux rentrer à la maison, ai-je dit d'un seul souffle.

Il a reculé sa chaise et s'est tourné vers moi.

– Et ton violon ? Et le conservatoire ?

– Je reprendrai mes cours avec Comănescu et j'entrerai à l'Université nationale de musique.

D'un regard, il m'a demandé si j'étais sûr de moi. D'un hochement de tête, je lui ai fait comprendre que je l'étais.

– D'accord, Loulou, m'a-t-il finalement dit. Alors on rentre à la maison.

Puis, se repositionnant devant l'écran de l'ordinateur :

– Même si, au fond, je crois que nous ne l'avons jamais vraiment quittée.

Dire

Dans le jardin du Luxembourg, assis sur une chaise en métal, je regardais les canards avancer paisiblement sur l'eau. Des oiseaux couraient les uns après les autres dans une chorégraphie gracieuse et joyeuse, tandis que des enfants aventureux se sentaient pousser des ailes. Un instant calme et doux, loin du bruit de la ville. J'ai fermé les yeux.

– Salut, Luca !

Anna était devant moi. Emmitouflée dans une grosse écharpe rouge qui faisait paraître ses yeux plus noirs encore.

Elle était belle, Anna.

– Ça va ? lui ai-je demandé le premier, avant qu'elle ne me pose la même question.

Les autres Zéanas devaient nous rejoindre, mais je voulais être seul avec elle pour lui dire que je m'en allais. Si j'y parvenais…

– Ça va, m'a-t-elle répondu en s'asseyant sur la chaise à côté de la mienne. Depuis que ma mère a commencé à me raconter cette nuit de novembre 1989, elle n'arrête plus. C'est comme si elle avait ouvert les vannes, et que brusquement les paroles se déversaient dans un flot sans fin. Nous sommes rendues à son adolescence. Son premier amoureux…

– Ah ? Et elle a gardé contact avec lui ?

– Non, elle a juste retenu son prénom et ce qu'il faisait. Il s'appelait Lică, et il était…

– Il était quoi ?

Je n'avais pas compris la fin de sa phrase. Elle l'avait baragouinée dans son écharpe.

– Il était… violoniste, m'a-t-elle dit en se tournant vers moi.

Nous nous sommes regardés, puis nous avons levé la tête pour observer le spectacle des oiseaux volant au-dessus du lac.

– Luca, tu ne trouves pas que certains signes sont beaucoup plus que des signes ?

– Tu penses à nous ?

– Oui. Tu arrives à Paris, dans ma classe. Tu es roumain. Je suis roumaine. Grâce à toi, ma mère parvient à accepter ses origines et à parler de son passé. Son premier amour était un violoniste. Tu l'es aussi…

Sans comprendre ce qu'il m'arrivait, j'ai pris sa main.

Nous regardions les canards déambuler sur l'eau. Les enfants jouer. Les oiseaux voler.

Un nouvel instant à collectionner.

Le premier de notre histoire.

– Je pense que je préfère croire aux rêves, lui ai-je confié au bout d'un long moment.

– Tu as des rêves ?

– Plein, et je veux qu'ils restent des rêves.

– Comment ça ?

– Depuis mes 10 ans, je ne souhaitais qu'une chose : aller en France. Et maintenant que j'y suis, jé ne suis pas si bien que ça. Je préfère ce qu'on ressent dans les rêves que ce qu'ils deviennent.

– Tu voudrais rentrer chez toi ? m'a-t-elle demandé au moment même où je m'apprêtais à le lui dire.

– Oui, lui ai-je répondu en lui serrant la main.

– Quand ?

– Au printemps.

Nous avons entendu des bruits de chaises racler les graviers du jardin du Luxembourg, des rires et la voix inimitable de Chavdar.

– Hé, les gars ! On va pas rester dans ce parc pour vieux !

Tezel, Marvin, Jae-Hwa et lui se tenaient face à nous, leurs visages illuminés par un rayon de soleil qui avait décidé de se poser juste sur eux.

– Ça vous ennuie si on passe voir Ostinato ? leur ai-je demandé.

– Du moment qu'on se mouche de là, moi, tout me va ! a répondu Chav' avant de sauter par-dessus une chaise.

Tezel s'est mise à fouiller énergiquement dans ses poches, d'où elle a fini par sortir un mouchoir.

Nous avons tous éclaté de rire, sauf elle qui avait

encore du mal à comprendre les subtilités des mots. Et ceux de Chavdar lui donnaient du fil à retordre.

Je redoutais la réaction de mon professeur quand il apprendrait que je m'en allais. J'avais peur de le décevoir. Mais la présence de mes amis à mes côtés et leur bienveillance discrète me donnaient un optimisme que je ne me connaissais pas.

De chacun je saisissais un petit quelque chose me permettant d'avancer. Jae-Hwa marchait tout en manipulant son Rubik's Cube. Elle devenait de plus en plus rapide et comptait bien battre SeungBeom Cho qui avait résolu son casse-tête en quatre secondes cinquante-neuf centièmes. Pour le moment, son record à elle était de dix minutes. Mais elle y croyait. Elle rêvait et je me disais que, finalement, c'était ça le plus important. Tezel se tenait à côté d'elle, avançant avec détermination, comme si dans chaque moment, dans chaque chemin elle voyait un but à atteindre, un défi à relever. Chavdar marchait en tête. Son pas équivalant à deux pour nous (trois et demi pour Tezel), il profitait de l'avance qu'il avait pour faire toutes sortes de choses : appuyer sur le bouton des feux tricolores (alors que nous n'avions pas à traverser), entrer dans un magasin pour dire bonjour et au revoir, saluer les passants qui le regardaient d'un air affolé ou outré, sauter au milieu de pigeons occupés à picorer sur le trottoir… Dans tout ce qu'il faisait, il n'y avait aucune volonté de gêner, juste l'envie de rendre les choses plus vivantes. Marvin était derrière nous tous, à la traîne. Notre professeur principal avait écrit sur son bulletin qu'« un deux de tension comme ça, c'était du jamais-vu ». Et c'est vrai que, parfois, je me demandais si notre ami britannique ne souffrait pas réellement d'hypotension. Et Anna et moi avancions au milieu du groupe. Nous ne nous étions pas lâché la main depuis le jardin du Luxembourg. Je sentais sa chaleur. Et j'avais cette impression nouvelle, étrange et douce, que rien ne pourrait nous arriver.

À l'interphone du 64 de la rue Fleurus, j'ai expliqué à M. Ostinato que je voulais lui parler, que ce ne serait pas long, que s'il n'avait pas d'élève je pourrais…

– Monte, m'a-t-il coupé de son ton sec habituel.

Toujours direct, mon professeur.

– J'en ai pas pour longtemps, vous m'attendez ? ai-je demandé à mes amis.

– Prends ton temps, nous, on sera à la librairie du coin de la rue, m'a répondu Anna, étreignant ma main avant de la lâcher.

Chavdar et Marvin ont un peu râlé, mais elle a eu le dernier mot.

Alors que je poussais la porte cochère, j'ai regardé mes amis s'éloigner.

Ma tribu dans laquelle j'avais trouvé un pays.

L'annonce de mon départ n'a pas vraiment surpris mon professeur.

– Luca, je le savais depuis le début, m'a dit Ostinato.

– Que j'allais rentrer en Roumanie ?

– En effet. Non par tes mots, mais par ta façon de jouer. Ton instrument exprime ton être intime. Tes doigts brûlent davantage quand tu exécutes la *Sonate pour violon n° 3* d'Enescu ou *L'Alouette.* Tes interprétations du *24e Caprice* de Paganini ou du *Concerto pour violon* de Beethoven sont toujours beaucoup moins incarnées. La musique ne ment pas, mon garçon.

– Mais vous pensez que je pourrai devenir un grand violoniste dans ma pays ?

– Bien sûr ! Quand tu es arrivé, tu étais déjà brillant. Tu as ça en toi, m'a-t-il dit en posant son index sur mon cœur. Ici, tu stagnes. Tu as besoin d'être chez toi pour donner à ton talent la possibilité de grandir et de s'exprimer. Et je suis certain que dans ton pays tu joues beaucoup mieux les œuvres de compositeurs étrangers. D'ailleurs, je compte bien venir t'écouter quand tu feras ton premier récital à la Sala Radio. Allez, file, maintenant, mon élève va arriver. On se voit mercredi.

J'étais déjà dans les escaliers quand j'ai entendu mon professeur me lancer du palier :

– Luca ! N'oublie pas : ton violon est ta voix, quand tu ne peux pas t'exprimer, joue !

Puis il a claqué la porte de son appartement.

Chasser les démons

Les Zéanas avaient décidé de nous accompagner à l'aéroport. La veille, nous avions fait partir nos affaires vers la Roumanie. Les DVD d'Alain Delon étaient déjà en route. Ils arriveraient bientôt rue Veronica Micle et retrouveraient les étagères familières de notre appartement. J'avais décroché les photos au-dessus de mon lit. Celle de ma mère reprendrait elle aussi sa place, dans ma chambre, fixée au miroir devant lequel je jouais du violon.

J'ai reçu un texto de Chavdar m'annonçant qu'il nous rejoindrait directement à notre terminal de départ. J'étais surpris, un peu vexé, mais je me suis dit qu'il avait sûrement eu un « imprévu diplomatique ».

Chargés de deux grosses valises, d'un sac à dos tout aussi rempli et de mon violon, nous avons emprunté le chemin de la gare du Nord, Anna, Tezel, Jae-Hwa et Marvin à nos côtés. Nous étions dimanche. Le jour où tout est plus lent, plus calme et plus beau à Paris.

Dès que nous nous sommes assis dans le RER B, Anna a pris ma main. Nos doigts ainsi mêlés, le trajet me paraissait moins dur. Mon cœur s'apaisait. Tati et Tezel étaient en face de nous. Marvin et Jae-Hwa dans le carré d'à côté.

Tandis que le RER nous emmenait vers Roissy, je pensais à mon pays dans lequel je serais dans près de sept heures. Mes amis, mon professeur de violon, la gardienne de notre immeuble, les deux chats qui avaient pris l'habitude de nous visiter dès que la faim se faisait trop forte… Ils auraient sans doute changé. Tout comme moi.

Car c'était un autre Luca qui rentrait chez lui. Différent. Grandi.

Bucarest serait-il le même ? Aurait-il gardé son doux mélange de déglingué et de sublime ? Nous étions le 1er mars. Ses rues seraient donc couvertes des innombrables étals de *mărțișoare*. À mon arrivée, la première chose que je ferais serait d'en acheter pour mes amis. Je les leur enverrais le plus tôt possible, afin qu'ils aient de la chance et du bonheur toute l'année. Même Chavdar aurait le sien, malgré ses réticences apparentes.

– Vous savez ce que j'ai le plus envie de retrouver en Roumanie ? nous a lancé tati, comme pour répondre à mes pensées.

– Les *clatite* ? a suggéré Anna.

– Non, même si elles m'ont manqué.

– Les kiosques à fleurs ? a-t-elle tenté de nouveau. Elle avait bien retenu ce que je lui avais dit de ma ville.

– Non ! a répondu mon père. Les balançoires du parc Ioanid, en face de l'Institut français.

– Des balan quoi ? a demandé Tezel.

– Des balançoires, tu sais, ces sièges suspendus à deux cordes qui te donnent l'impression de voler.

– Ça, pas plutôt pour les enfants ? a objecté mon amie turque.

– Pas du tout ! Les adultes aussi ont le droit de s'envoler et de rêver, a répliqué tati. Quelquefois, Luca venait avec moi, mais je crois qu'il était encore trop jeune pour comprendre qu'une balançoire n'est pas seulement un jeu pour les enfants.

J'avais en effet toujours refusé de l'accompagner au terrain de jeux, par peur que mes amis ne me voient et ne se moquent de moi. Mais, un soir où il faisait très chaud, nous étions allés au parc Ioanid et je m'étais laissé porter par le vent avec mon père. Plusieurs minutes durant, j'avais lâché prise et rêvé moi aussi que je pourrais bientôt toucher le ciel.

– À Paris aussi, il y a des balançoires, a rétorqué Jae-Hwa.

– Oui, mais le ciel de Bucarest est incomparable. Si tu savais comme il est beau... Il est parfois rose, parfois mauve, parfois bleu... Parfois de toutes ces couleurs. Quand tu le regardes, tu n'as qu'une envie, c'est de monter y faire un tour, puis de revenir sur terre, avec toute sa beauté lumineuse au fond de toi, a répondu mon père d'une voix tremblante.

À l'aéroport, nous avons enregistré nos bagages et retiré nos cartes d'embarquement.

Chavdar n'était toujours pas là.

– Cadeau ! s'est exclamée Tezel, en me tendant une enveloppe légèrement gonflée.

– *From all of us*, a ajouté Marvin, derrière elle. Il était définitivement le seul de nous cinq à ne pas avoir fait de progrès en français, et à ne pas avoir voulu en faire.

Dans l'espace d'attente, j'ai ouvert le petit paquet. J'y ai trouvé une clé USB et une photo de nous à l'Opéra, quand nous avions posé à côté de la statue de Lully. Nos visages rayonnants, nos grands sourires, nos airs rieurs. Nous six. Ma tribu de Paris. Au dos de l'image, chacun avait écrit un petit mot dans sa langue, traduit en dessous dans un français plus ou moins singulier. La phrase d'Anna était en roumain.

J'ai senti mes yeux se mouiller et des larmes couler sans que je puisse rien contrôler. C'était la première fois que je pleurais en France.

Mon père a passé un bras autour de mes épaules, Anna m'a pris la main, Marvin m'a ébouriffé les cheveux, Tezel m'a serré à la taille, Jae-Hwa m'a regardé, et son sourire voulait dire beaucoup.

Puis nous avons entendu des rires et des cris de surprise derrière nous. Nous nous sommes retournés et avons rapidement compris l'origine de ces exclamations et de ces visages apeurés.

Chavdar, car cela ne pouvait être que lui, traversait le terminal déguisé en *kuker*. Il avait revêtu une épaisse peau de mouton et mis ce masque qui effrayait tant les filles chez lui. Pourtant, à cet instant, nous sourions tous, visiblement heureux de voir arriver notre chasseur de démons.

– Désolé, a baragouiné Chav' en nous rejoignant, je ne pouvais pas prendre le RER B comme ça, et j'ai eu du mal à prouver un taxi.

Derrière son déguisement de monstre poilu, sa voix était grave et étouffée.

– Par contre, j'ai pas pris les cloches et je ne ferai pas la danse rituelle, car ça ne serait pas très bien vu par ici.

– Mais comment as-tu pu entrer comme ça, avec tous les policiers qu'il y a dans l'aéroport ? a questionné Anna, tandis que Tezel et Jae-Hwa touchaient la moumoute blanche de Chavdar.

– J'ai demandé un petit coup de pain à mon père, a-t-il répondu de sa voix de roublard.

Puis il a fait un tour sur lui-même.

– Je suis venu comme ça, pour toi, Luca. Pour dipisser les mauvais esprits qui portent la *loshotiya,* la mauvaise fortune. Pour que ta printemps, ton été, ton automne, ton hiver, pour que toutes tes raisons soient à l'abri du malheur. Et aussi… pour que nous restions toujours amis, a-t-il terminé d'une voix plus grave.

Passant mes bras autour de son torse velu, je l'ai étreint de toutes mes forces. Mon ange gardien aux allures de monstre. L'oreille contre sa poitrine, j'écoutais les battements de son cœur terriblement humain. Puis nous avons senti d'autres bras autour de nous, ceux de Tezel, d'Anna, de Jae-Hwa et de Marvin, qui voulaient eux aussi enlacer le porteur de bonheurs. En plein milieu de l'aéroport, nous étreignions l'être le plus hideux de la terre.

Mon ami, Chavdar le Bulgare.

La nuit lumineuse

Tandis que nous volions vers notre pays, je visionnais le contenu de la clé USB. Mes amis avaient réalisé un petit film où chacun m'emmenait dans un coin de Paris qu'il aimait particulièrement. Tezel avait souhaité me montrer l'intérieur du Palais-Royal. Perchée sur l'une des colonnes de Buren, elle me souriait en agitant les bras comme le font les oiseaux. Marvin était dans le jardin de l'hôpital Saint-Louis, où il pouvait s'allonger dans l'herbe *« without being disturbed »*. Jae-Hwa s'était fait filmer à Montmartre, déambulant dans le passage Verdeau, car elle aimait y « regarder des beaux gens qui prendre leur thé ». Anna m'emmenait au-dessus de la Seine, sur le pont des Arts. Même sans ses cadenas d'amour, il restait néanmoins la passerelle des amoureux. « La prochaine fois que je le traverserai, ce sera avec toi, Luca. » Et Chavdar me parlait de la cour du lycée Saint-Exupéry, notre lycée, car c'était ici que nous nous étions connus. « Tu te rappelles, Luca ? »

Comment l'oublier ? Le cœur serré, je me souvenais de cette rentrée où notre professeur principal avait assis les Zéanas les uns à côté des autres. Mon ami avait raison. Finalement, le plus beau lieu de Paris, c'était celui où nous nous étions trouvés, même s'il se situait en banlieue, un endroit que l'on voulait plutôt quitter que rejoindre.

– Loulou, on arrive ! Regarde comme c'est beau ! m'a dit mon père en me tapotant la main.

Je me suis penché vers le hublot. L'avion commençait sa descente. J'ai retiré la clé USB de l'ordinateur.

Il était 21 h 50 à Bucarest. Une heure de moins à Paris.

Mon père et moi atterrissions doucement sur le sol roumain.

Je serrais le film de mes amis entre mes mains.

Mon père a posé la sienne par-dessus.

Nous n'avions d'yeux que pour notre ville.

Ses lumières comme des bras tendus.

Que faisaient mes amis à cette heure-ci ? Chavdar regardait peut-être un match de foot, Tezel pensait à sa grand-mère en contemplant son plat d'Iznik, Jae-Hwa tentait de battre son propre record de Rubik's Cube, Marvin écoutait *Un autre monde*, et Anna ajoutait à sa collection d'instants celui où elle viendrait me voir en Roumanie.

« Cet été », m'avait-elle dit avant que je ne franchisse la porte d'embarquement.

Quelques extraits du journal de Cristina ont été inspirés par le livre Şi eu am trăit în comunism, *publié aux éditions Humanitas (Bucarest, 2015).*

La notion de mécanique du bonheur est empruntée à Boris Cyrulnik.

Pour le reste, ce livre est une fiction. À l'exception des personnages historiques cités, toute ressemblance avec des personnes existant ou ayant existé serait pure coïncidence.

Du même auteur à *l'école des loisirs*

Collection NEUF

Solaire
Strada Zambila

Cet ouvrage a été achevé d'imprimer
sur Roto-Page
par l'Imprimerie Floch à Mayenne
en janvier 2019

N° d'impression : 93691
Imprimé en France